小学館文庫

前科者

涌井 学
脚本 岸 善幸
原作 香川まさひと
月島冬二

JN054695

小学館

前科者

プロローグ

なぜ自分が選ばれたのかわからなかった。

おそらく、養護施設出身で、学がなくて、人とコミュニケーションを取るのが致命的に下手だったからなんじゃないかと漠然と思っている。

「おおい、お前これ見ろよ。ここだよここ目ぇひん剝《む》いてよく見ろよ。はみ出してんだろ⁉　ホワイトチョコは一ミリ径だっておれ言ったろ？　先輩の指導に従わないとはどういうことだてめえ」

目の敵にしてくるのはいつも同じ奴《やつ》だった。自分より半年ほど前に、この製パン工場に勤め始めた三十代後半の額が禿《は》げ上がった男だ。食品衛生用の真っ白な作業服を着ると、白い寸胴《ずんどう》みたいな体が腹だけでっぱってみすぼらしかった。その男にひどく嫌われた。

たぶん、そこそこ若くて、日本語が通じて、多少いびったところで明日からいきなり来なくなったりしないだろう相手が、自分くらいしかいなかったのだと思う。

二十四になるまで、まともな職に就くことができなかった。十八の時に、年齢の上限を迎えて施設を追い出されてから六年間、住む場所すら安定しない毎日だった。住む場所が安定しないから履歴書が書けない。住民票をもたない半分ホームレスみたいな人間にいつの間にかなっていた。

「どこに行ったっていじめは存在するんだよ」

そんな感じで軽く言われたこともある。

「ある意味で人間社会の宿命みたいなものだよ」とも。

確かに、「いじめられて追い出される」っていうのは、小学校から社会人まで、どんな場所でも聞く話だった。養護施設でいっしょに暮らしていた奴の中にも、学校で、職場で、いじめられている奴がいた。施設そのものの中にもいじめはあった。幼い頃のそれは往々にして、夕食のコロッケを強い者が弱い者から奪ったり、共有の玩具《おもちゃ》を強い者が独占するような形で行われていたから、いじめとは言っても、程度としては平穏なものだったのだと今は思う。

けれど、工場の先輩は加減を知らなかった。我慢していればそのうち飽きるだろうと思っていたのに、今日より明日、明日より明後日《あさって》と殴る力が強くなっていった。金も盗《と》られた。

ある日、シュー生地からシューがはみだしていたという知らせを先輩が聞き、いっさい加減のない平手打ちを左頬に受けた。

張られたのは頬だったはずなのに、左耳がひどく痛んで音が聞こえなくなった。病院に行きたいと申し出たが認められなかった。業務開始前の出来事だったからだ。業務が終わってから医者に駆け込んだが、そこで「遅かった」と告げられた。翌日、耳にガーゼを巻きつけて出社したら、先輩には「ただの平手打ちだったのに、お前にはツキもないんだな」と言われた。ひと月程で破れた鼓膜は塞がったが、予後が悪く、左耳はほとんど音が捉えられなくなってしまった。

四年耐えた。だけど、四年経《た》っても状況は悪化するばかりで少しも良くはならなかった。

耐えるのには慣れてる。

だけどある日言われた。

「お前なんか生きてても意味ないんだ。お前も子どものとき、お袋さんといっしょに殺されちまえばよかったんだよ」

言われたのが休憩室だったのがいけなかった。そして、その日に限り、同僚のひとりが工場の空気を少しでも良くするため、昼飯の後にみんなに配ろうと大きなスイカを持ってきていたのがいけなかった。そのスイカを切るため、同僚は家から包丁を持ってきていた。弁当の空き箱を捨てにいった自分が、その包丁に気づいてしまったのが最悪の展開につながった。

　まるで何かに操られているみたいだった。包丁があるからそれを手に取った。先輩が、自分の手の中にある鋭い金属に怯《ひる》む様子が目の端に映ったけれど、その姿は自分を止めてはくれなかった。

　かわいそうだとか、痛いだろうなとか、そんな思いはどうでもよかった。

　目の前に何かがいて口を動かしている。それが何なのか、すでにわからなくなっていた。

「なんだお前。冗談だろ？　それ何だ。何する気だ」

　コンベアのライン上に異物が落ちていたら取り除かなければならない。そう教わった。でないとみんなが困る。自分だって困る。不良品が出てしまう。

「ちょっと待て。お前は殺される側の人間だろうが。そんなことしたらどうなるのかわかってるのか」

　吸い込まれるみたいに、そいつの胸の奥深くに包丁が滑り込んでいった。

　実にあっさりだった。

　肋骨《ろっこつ》と肋骨の隙間に横になって滑り込んだ包丁は、そいつの心臓近くの血管を破って一瞬でそいつの命を奪った。

そいつは休憩室の床に仰向《あおむ》けに転がって、ビクンビクン痙攣《けいれん》しながら、口と胸から赤い液体をドクドクと溢《あふ》れさせていた。

もう喋《しゃべ》らない。やっと静かになった。

休憩室には大勢の人間がいたけど、物音一つしなかった。

たった一突き。それだけでそいつは死んで、自分は前科者《ぜんかもの》になった。

前科者

第一章　意地悪な神様

1

斉藤《さいとう》みどりは居間のちゃぶ台を前に、ミニスカートのままあぐらをかいて、台所の阿川佳代《あがわかよ》を眺めていた。ちゃぶ台の上にはごぼうの煮つけと水菜のサラダとニラキムチ。ニラキムチはこないだ一緒にスーパーに行って買ってきたものだ。そのとき佳代は言っていた。「今度の面接の時に牛丼と一緒に出すつもりなんです」って。

その後続けて言われた。

「でもその前に、みどりさん、味見してくれませんか」

それでこうしてやってきた。みどりにはわかっている。味見なんてのは口実で、本当は話がしたいんだろうって。だって今、佳代ちゃんは三人も保護観察者を抱えている。うまく行かないって、会うたびに嫌な感じのため息をついている。けど佳代ちゃんはクソ真面目《まじめ》だから、「守秘義務がある」とか言って、基本的に自分からは対象者の話をしない。だからみどりが聞いてやる。

佳代ちゃんに会うのは、もともとは佳代ちゃんの爺《じい》ちゃんが住んでいたっていう木造平屋の佳代ちゃんの家か、近所のファミレスのどっちかがほとんどだ。最近は時々海にも行くけど、海だとあったかいご飯が食べられないからどっちかと言うと家がいに前科者は、刑務所を出てきたあと行き場がないから、身元を引き受けてくれる相手を探したり、見つけた相手を説得したりしなきゃならない。それに、受け持つ対象者は一人とは限らない。受け持っている対象者に月に二回は必ず会って、話を聞いたり相談にのってやったりしなきゃならない。全部無償で。

それが保護期間の間ずっと続く。みどりの時も、同じことをされた。

いや、してくれたっていうべきなのかな。

そういう仕事だから、大抵の場合は、定年退職後の会社員とか、ある程度生活に余裕のある家の主婦なんかがやる。けど佳代ちゃんはちがう。佳代ちゃんは決して裕福じゃないし、なんなら貧困層にカテゴリされそうな生活をしている。

コンビニのバイトと新聞配達を掛け持ちしている佳代ちゃんに、「なんで?」って聞いたことがある。そしたら佳代ちゃんはこう答えた。

「一銭にもならないからやってるんです。保護司の仕事をしなければ、私はお金のために生きていることになる」

言ってから照れていた。

「けどまだ、いろいろ迷ったりはしてるんですけどね」

付き合いが二年を越えて、みどりにも阿川佳代という人間がずいぶんわかってきた。

文庫本を手に持ったまま笑い転げる。

「あはは。佳代ちゃんチョロすぎ」

「もう」

「わかってるよ。佳代ちゃん、ほんとは話したいんだろ。だからわざわざ本を置いといたんだ」

「……………」

「話しなよ。聞くから」

とんでもなく堅物なクセに変なところで脆《もろ》くて、そんで二十四時間オールタイムでひたむき。「保護司」なんていう、自己満足か自己陶酔を理由にでもしなきゃ誰もやらないような仕事を、この若さで、かつアルバイトを掛け持ちしながらこなしている。

佳代ちゃんはいつだって真面目だ。いつだって必死だ。

できたての牛丼二つをお盆に乗せて、佳代ちゃんがちゃぶ台まで運んできてくれた。湯気の向こうに真剣な顔がある。

「本当はいけないんだってわかってます。けど……、みどりさんに相談したくて」

みどりの前にどんぶりが置かれた。白いご飯につゆが沁《し》みていく。

「ま、食いながら話そうぜ。いっただきまーす」

佳代ちゃんが親指の間に箸を挟んで両手を合わせた。「いただきます」

一口、二口食べてから、佳代ちゃんは少しずつ話し始めた。今担当している前科者たちの話。最初の一人は、窃盗で捕まって仮釈放で出てきて、保護期間の半年の間に三回も勤め先を変えて、今は半分引きこもっているおばちゃん。

「村上《むらかみ》さん――。無断欠勤をしてるって、会社から私に電話があったんです。それで訪ねて行っても出てきてくれなくて……」

「ふーん。で、佳代ちゃんはどうしたのさ」

「いるのはわかってましたから、ドア脇の窓ガラスを割って無理やり顔を出させました」

「げ。さすが佳代ちゃん。やること極端すぎね？」

「みどりさんに言われたくないです。でも村上さんすごく凹《へこ》んでて……。『あの会社人間関係最悪だ』って」

もぐもぐしながら言う。「ふーん。まあ、どこだって同じじゃね？」

「私もそう思います。でも私、叫んじゃったんです。『あなたは今崖っぷちにいるんだ。このままじゃ奈落の底に真っ逆さまだ』って」

「うわー。そしたら？」

「村上さん無言でした」

「で佳代ちゃんは何て言ったの？」

「『奈落の底まで落ちちゃったらもう助けられなくなってしまう。だから今、私にあなたを助けさせてください』って」

やばい笑いそう。ちょっと言われてみたいくらいだ。

「……そしたら？」

「なぜか部屋から出てきてくれました。でも私、すぐに感情的になっちゃう自分が情けなくて……」

みどりは思う。問題ないだろこれは。佳代ちゃんっぽいだけだろ。

「あー、はい。じゃあこの話はＯＫ。次の詐欺師行ってみよう」

「え？　おしまいですか？　私の悩みは？」

適当に言う。「いいんだよそれで。それが佳代ちゃんなんだから」

佳代ちゃんが腑《ふ》に落ちない顔をしている。「……？　そうですか……」

みどりの牛丼は半分になっている。佳代ちゃんはまだ食べ始めたばかりだ。

「詐欺罪で服役していた田村《たむら》さんは……、なんていうか、世の中すべてを俯瞰《ふかん》して見てるっていうか……。ううん違うな。もっとこうフワフワした感じで、世の中のぜんぶのことを自分とは無関係って思ってるっていうか……」

「ダメな仙人みたいだな」

「あ！　まさにそんな感じです。こないだなんて、『私の父親だ』って嘘《うそ》ついて、スナックで大判振る舞いして、その請求書を私のところに送りつけてきたんですよ！　二十万円ですよ！　もう！」

「あはは。それで佳代ちゃんはどうしたんだ？」

「全速力で自転車駆って田村さんのところに行きました。請求書握りしめて」

「そしたら？」

「田村さん、なんかしゅんとしてて……。で、事情を聞いたら『あのスナックのママが死んだ女房に似ていて、なんだか他人とは思えなくていろいろ融通しちまったんだ』って。でも聞いてくださいよみどりさん！　生きてるんですよ田村さんの元奥さん！　身元引受人のお願いに行って、私会ってるんですから！」

笑いそう。「さすが詐欺師」

「まったくですよ！　元奥さんの気持ちがわかります。田村さんの身元引受人をお願いしたら、『二度と会いたくない』って断られました」

もういいや笑っちゃおう。「あはは。で、その二十万円はどうしたんだよ」

「保護司は対象者にお金は貸せませんから、毎月一万円に利子を付ける形で二十回払いの計画でママと話をつけてきました。必ず田村さんに払わせます」

プリプリしている。

「佳代ちゃん、暇しなくていいなぁ」

「ぜんぜんよくないですよ！」

「まあ面白いしいいじゃん。次！　殺人の前科者」

ひきこもり女と詐欺男の話をするときはプリプリ怒っていたくせに、殺人で捕まって、今は自動車修理工場で働いている男の話をしているときは、なんだかすごく嬉《うれ》しそうだった。

箸に載せた牛丼を口に運ぶのも忘れてしゃべっている。

「工藤《くどう》さん、すごく真面目に働くから、修理工場の社長さんが、『弟子にしてもいいかな』ってこないだ言ってくれたんです。もしかしたら社員になれるかもしれませんー」

自分はコンビニのアルバイト店員で、おせじにも裕福な暮らしなんてしていないのに、前科者の未来に期待してこんなに嬉しそうな顔をみせる。佳代ちゃんってほんと変なヤツだ。

でも見てるとほっとする。

佳代ちゃんがごぼうの煮つけをコリコリ噛《か》んでいる。

「ところでみどりさん。みどりさんの方はどうなんですか？　保護期間が終わって始めた便利屋さんの仕事」

急に矛先がこっちに向いた。話し終えて満足したらしく、佳代ちゃんの箸のスピードが急激に増している。

「あー……。まあ、当初の予定通りには行ってないけどボチボチやってるよ」

「夜逃げのお手伝いしてるんですか？」

「それがさ、なんか最近は地下アイドルのイベントとかが多くてさ……」

「イベントの設営とかですか？」

「いや、なんかアイドルの方」

佳代ちゃんがむせた。

「え⁉　みどりさんが歌って踊るんですか⁉」

「いや、主に社員の子たちがやるんだけどさ。まあ、人が足りない時はあたしも駆り出されたりするけど」

佳代ちゃんがすごく微妙な顔をしている。「ええ……」

笑顔に変わった。

「でもよかった。順調なんですね。出会った頃のみどりさんはなんだか怖い顔してましたけど、便利屋始めてからはとても楽しそうです」

「まあ、いつまで続くかわかんねえけどな。地下アイドルの仕事、日当安いし。そろそろみんな歳《とし》だしな」

「歳って……。みどりさんまだ二十五でしょう？　それにみどりさんが社長なら大丈夫ですよ」

「気楽に言うなぁ」

「みどりさんだから気楽に言えるんです」

牛丼の残りを口の中に放りこんで、お茶を飲んで手を合わせ、「ごちそうさま」と声に出す。

食べ終えて少しだけ顔が上気した佳代ちゃんを眺めながらみどりは話す。言っておきたかった。

「なあ佳代ちゃん。あんまり深入りすんなよ。前科者なんて土台がおかしいんだし。理解しようとするだけ無駄だぞ」

「ご忠告はいただいておきます」

澄ました顔をしているからいきなり攻撃してみた。

「ところで佳代ちゃん。恋してるか？　セックスしてるか？」

「なな、なんですかいきなり！」

「したほうがいいぞ。女を楽しめ。前科者のことなんか忘れて違う人生を生きろ」

佳代ちゃんが顔を逸《そ》らした。怒っているんじゃなく、まるで照れているみたいな不思議な表情。

「私は……、保護司として生きたいんです」

こっちを見た。メガネの奥の目がみどりを見ている。

揺らがない。

「みどりさん知ってますか？　更生って、生き返るっていう意味なんですよ。もう一度人間として生き返るんです。保護司としてそこに立ち会えるなんて、なんだかすごくないですか」

こういうことを本心から言えてしまうんだ。阿川佳代って人間は。

みどりは茶化しながら答える。

「ま、前科者が生き返っても、せいぜいゾンビだろうけどな」

佳代ちゃんがむくれた。「もう」

そして同時に吹き出す。一緒に笑う。

この空気、場所、話す言葉が好きなんだと思う。

変わり者だけど確信できる。

こいつはいいヤツだ。

2

保護司は、自身の担当する保護観察対象者の生活状況や、指導・助言した内容を報告書にまとめ、月に一度、保護観察官に提出する義務がある。その時には担当の保護観察官に相談ができる。

佳代が所属しているのは東京保護観察所。担当の保護観察官は高松直治《たかまつなおはる》という五十代の男性だ。保護司になった時から佳代の担当保護観察官は高松だ。もう二年以上になる。高松は真面目を絵に描いたような格好をしている。今日も黒いスーツと白いシャツにネクタイ姿。なでつけた髪と黒縁のメガネ。

こうしてテーブルを挟んで二人でいると、男性版佳代と女性版佳代って感じだ。

佳代は上目になって高松をちらりと見た。言わないけど。

「――阿川先生の現在のご担当は三名でしたよね。ええとまずは、村上美智子《みちこ》。村上美智子は無断欠勤をして会社側から阿川先生のもとにクレームが入ったと……。ええとこれは……、なるほど。報告書にあるように、風邪の高熱で寝込んでいて連絡する余裕もなかった――、ということで間違いありませんね」

佳代は高松保護観察官と目を合わさず、膝の上にピンと腕を張ったまま肯《うなず》く。「はい……」

嘘だけど。

高松保護観察官が報告書を捲った。

「ええと……、田村修《おさむ》の方は、勤務態度は問題なし。懸案だった飲酒量も減ってきている、と」

目が合わせられない。「はい……。だいぶ、控えているような感じがします……」

高松保護観察官がメガネの奥の目でじっと佳代を見ていた。額に汗が浮きそうだ。

「まあ……、阿川先生の報告書を見る限りでは問題はなさそうですね。阿川先生ご本人の表情が少々気にはなりますが」

猛烈に手を振る。「いえいえいえ……」

「……あとは、工藤誠《まこと》。工藤誠は順調ですねえ」

高松保護観察官の口ぶりから、「他の二人は順調ではない」と読み取れて少し焦った。けれど工藤誠の報告書を見る高松保護観察官が、本当に嬉しそうに顔をほころばせていたからホッとした。

佳代も嬉しい。

「はい……！　修理工場の中崎《なかざき》社長が、工藤さんを社員に迎えてくださることになりました」

「それは良かった。本当に良かった。阿川先生の指導の賜物ですね」

佳代は照れる。一心に仕事に取り組む工藤誠の姿が目に浮かんできた。

「私はぜんぜん……。工藤さん自身の頑張りです」

「本当に、心底から更生したいと思っていない限り、頑張り続けることは難しい。彼は心から更生したいと望んでいるんでしょう」

高松保護観察官の手が、工藤誠の身上調査書に触れていた。

「彼は子どもの頃から、ずいぶん辛《つら》い思いをしてきていますからねえ」

佳代も身上調査書を読んだ。高松保護観察官からも工藤誠の過去を聞かされた。

殺人の罪で収監されていた彼が、仮釈放を受けて佳代の保護観察の対象になったのは約半年前のことだ。それから今日まで、二週間に一度、必ず会って話をしてきたけれど、工藤誠の口から彼の過去の話はほとんど聞けなかった。聞いても上手にはぐらかされた。

　高松保護観察官がしんみりと語っている。

「目の前で義理の父親に母親を殺害されたのが、工藤が十歳の時ですからねえ。それから二つ下の弟と二人で児童養護施設に入り……、そこでもまあ、いろいろあったらしいですが、その後も決して順風とはいかなかった。施設と里親の間を転々として、十八歳になると同時に年齢制限で施設から退所せざるを得なくなった」

　佳代は肯く。想像するだけで辛い。そしてその想像が、工藤誠が経験した現実にまるで足りていないだろうことも理解している。

「二十四歳でようやく就職することができたパン工場では、先輩から激しい暴力といじめを受けて、左耳の鼓膜を破っています。工藤はいじめに耐えて勤務を続けていましたが、その四年後、包丁でその先輩を刺殺した」

　書類で読んでも、こうして話で聞いても、その度に心が沈んでしまう。

「事件を目撃した同僚の証言によれば、殺害のきっかけは、その先輩から受けた侮辱的な言葉だったらしいですね。『お前なんか生きていても意味がない。お前も子どものとき、お袋さんといっしょに殺されてしまえばよかったんだ』と」

佳代の唇がキュッと鳴った。噛んでいないとプルプル震え出してしまいそうだ。

高松保護観察官が、俯《うつむ》いている佳代に慰めるような口調で付け加えた。

「でも……、ほかの犯罪に比べて殺人の累犯率は低いんです。ほとんどは、一時の怒りや不満から衝動的に犯行に及んでしまったものだからなんでしょうね。工藤もきっと……、そうだったんでしょう」

＊

半年前、工藤誠は、刑務所を出たその日に佳代の家にやってきた。

保護観察対象者とはじめて顔を合わす時、佳代は必ず牛丼を作って迎える。それとチケットを用意する。近所の銭湯の入浴券だ。刑務所では、夏場は週に三回、冬場は二回、決まった日に、着替えを含めてたった十五分間の入浴しか許されていない。だからきっと、広いお風呂で時間を気にせず足を伸ばしたいはずだと思うからだ。

家に上がるのを遠慮する工藤に靴を脱ぐよう促しながら、佳代は何気なく訊《たず》ねた。

「刑務所を出たら、何を最初にしたいと思っていましたか？」

そう訊ねたら、工藤誠は少しだけ頬を染めてから答えた。

「牛丼を……」

「わあ！　それならばっちりです！　工藤さんに食べてもらおうと私……、ほら！　匂いませんか？　たくさん牛丼作っておいたんですよ」

「え……？　ああ……」

「食べますか？　食べますよね？　それとも先に銭湯行きますか？」

工藤はそれには答えずにペコリと頭を下げた。

「あの……、ありがとうございます」

戸惑った。「え？　何がですか？」

「あの……、おれのためにいろいろ用意してくれて」

「ああ。いいんです。私が勝手にやってることですから。お風呂に入れば気持ちがリラックスするじゃないですか。ほっとした気持ちになるじゃないですか。そうすれば、明日もがんばれるものです」

「あの……、牛丼の方は……？」

今度は佳代が顔を赤くした。「私が……、好きなんです」

その後、工藤と一緒に食事をした。工藤は「おいしいです」と何度も言いながら、まるで詰め込むみたいにして牛丼を食べた。必要以上に勢いよく、あまり嚙みもしないで。

食事を続けながら、保護観察期間の説明をした。

「食べながらでいいんで聞いてください。保護観察中の六か月間は、月に二度の定期報告が義務付けられています。場所はここ。私の自宅です」

「……はい」

「やむを得ぬ理由で来られないときは、必ず連絡を入れてくださいね。犯罪を誘発する人間や場所を訪ねたりしないでください」

「はい」

「以上です。じゃあ連絡カードを貸してください。判を押しますから」

「はい」

「工藤さんの更生に精一杯寄り添っていきたいと思います。よろしくお願いします」

「よろしくお願いします」

工藤が牛丼を食べ終えた。「ごちそうさまです」と口に出して言い、それから佳代に「すごく、うまかったです」と言う。

「あの工藤さん」

「はい……？」

「頑張りすぎないでくださいね」

「……え？」

佳代は笑みを浮かべたまま、ゆっくりと言った。

「工藤さん、無理して牛丼食べてましたよね」

工藤の口が開きかけて止まった。目を泳がせている。

「そんなこと……」

「もしかして、先にもう、何か食べてこられたんじゃないですか？」

「………」

「言ってください。指導でも助言でもありません。怒ってもいません」

やっとボソボソと答えた。

「さっき、牛丼を……」

佳代は笑ってしまう。「なんだ。言ってくれればよかったのに」

やっとほっとしたようで、はにかみながら工藤は言った。

「あんなふうに出してもらったら……、言えないですよ」

ひどい事件を起こしてしまったけれど、心根は誠実な人なのだと感じた。佳代は微《ほほ》笑《え》んでから話題を変えた。子ども時代の楽しかった思い出話なら空気が温まるだろうと思ったのだ。

「工藤さんは、子どもの頃、どんなお子さんだったんですか？　今度写真とか見せてください」

そう言うと、工藤の顔が曇ってしまった。

言いにくそうに答える。

「ないんです。写真……」

佳代は言葉に詰まった。素直に詫《わ》びる。「……ごめんなさい」

「いいんです。もともと少なかったのを、転々としてる間に失《な》くしただけですから」

「……そうですか」

工藤がいつの間にか俯いていた。

佳代は箸を置いて、工藤の次の言葉を待った。

「……おれ、覚えてないんです。先輩を刺した時のこと」

小刻みに肩を震わせていた。

「気がついたら先輩が倒れてて……。頭の中が真っ白で……。殺した時のこと、思い出そうとしても思い出せなくて……」

ますます顔を俯けた。こぼれ出すみたいに言葉が漏れてくる。

「だから怖くて……。いまこうして先生と話している自分がニセモノなんじゃないかって思えて……。本当の自分は人殺しの自分で、また人を殺してしまうかもしれないって」

「…………」

少しだけ顔を上げた。佳代を見る。

「先生」

「はい」

「人を殺した人間でも、更生、できますか」

あの時、工藤の目を見て、佳代は答えた。

「はい」

3

そして今日、工藤誠は、職場近くの小さなラーメン屋にいた。

出所してから約半年。おおよそ週に一度はここに来ている。

味がいいという理由以外にも、ここに来る理由が工藤にはあった。

店内はずっと変わらない。テーブル席が数席とあとはカウンターしかないこじんまりとした店舗だが、掃除が行き届いているから息苦しさはない。壁に貼られているメニューはさすがに新しいものに変わっていたが、「ラーメン　四百円」という札だけはあの時から変わらずにずっと同じ場所にぶらさがっている。

テーブル席につくと同時に店主が工藤に聞いてきた。

「いつものラーメン？」

よく通っているせいか、最近は顔を覚えられたみたいだ。

「あ……、はい」

「あいよ」

カウンター近くの給水器からセルフの水を持ってきて、半透明のプラスチックのコップを見つめながら思う。

二十五年前は、このテーブルにつくと三つの水が運ばれてきた。母と自分と弟の水だ。あの日は確か、小学校の図工の時間に紙粘土で作った自動車の貯金箱が先生に褒められて、そのお祝いだと言って母さんが連れてきてくれたのだ。母はラーメンを注文して、おれと実《みのる》は「お母さんと同じの」と言った。母さんは少しだけ浮かれていて、「餃子《ギョーザ》も頼んじゃおうか」と言った。「一皿に八つだから、誠と実で三つずつだね。母さんは二つでいいよ」と。

ラーメンと一緒に運ばれてきた餃子はなぜか九つだった。母さんが厨房に顔を向けて、店主にペコリと頭を下げたのを覚えている。

あの時母は珍しく嬉しそうだった。ラーメンを啜《すす》りながら何度も言っていた。誠は本当に器用な子だ。将来はきっと、すごいものを作る職人さんになれるよって。

弟の実がトイレに行っている間に、自分のラーメンからチャーシューを一枚、こっそりおれの器に移してくれた。そして言われた。

「実が困っていたら助けてあげてね。頼りになるお兄ちゃん」

今は店主も違う人になった。長い時間が経ったのだ。

今日、十二時になって、工場を出ようとした時に中崎社長に呼び止められた。

「誠。どこ行くんだ？」

「あ……。昼飯に」

「うちで一緒に食わないか？　母ちゃんが作った焼きそばだけど」

「ありがとうございます。でも……」

「構やしないよ。なんだかお前、近頃少し落ち込んでるみたいだしな。母ちゃんの焼きそば食うと元気でるぞ」

本当にありがたいと思った。だけど誠は遠慮した。一度好意に甘えてしまうと、それが積み重なって、やがて中崎社長の負担になる日がやってくるかもしれないと思って怖かったからだ。将来どこかで誰かに嫌われることを、自分は極端なまでに怖がっている。

自虐的に思った。人を殺した前科者が思うことじゃないな、と。

先週、思いがけず、中崎社長と奥さんが話しているのを聞いてしまった。

誠は工場の隅で工具の整理をしていたから、いることに気づかなかったのだと思う。

奥さんは言っていた。「社員にするのは反対だ」と。

こうも言っていた。あの人が真面目なのはわかる。だけど客の信頼を得てなんぼの商売なのだ。社員が前科者だと知れたら客はどう思う。前科者が修理する車に乗りたがる客がいるのか。前科者のことばかりじゃなく、家族のことも考えてくれと。

その通りだと思った。中崎社長は気のいい人だ。罪を犯した者にチャンスを与えようと、自ら協力雇用主に申し出たような人だ。社長は困っていた。言い合いになって、最後にこう言った。

「じゃあお前は、前科者は死ねと言うのか」

奥さんは少し、泣いていたと思う。

店主がラーメンを運んできてくれた。無言で頭を下げて、箸を割って汁に浸す。好きなものはあまりなかったけど、車は少しだけ好きだった。

ずっとずっと昔。今はもう顔も思い出せない実父と一緒にドライブに行ったことがある。どこに行ったとか何を食べたとか一つも思い出せないけど、楽しかったことだけは不思議と覚えていた。そのせいかもしれない。

だからラーメンを食べるとき、誠は自然と自動車雑誌を手に取る。それをめくりながらラーメンを食べるのが習慣のようになっていた。

いつものように雑誌をめくっていると、白髪交じりの男がやってきてはす向かいの席に腰を下ろした。誠は見るともなく男を見る。

奇妙な外見をした男だった。薄汚れたカーキ色のジャンパー。ところどころ擦り切れて繊維が見えていた。下はジーンズだろうか。こちらもデザインではなく汚らしく穴が開いていた。何だかちぐはぐだ。なんというか、浮いている。この世界に馴染《なじ》んでいない感じがする。

男はしばらく壁に向かって目をパチパチ瞬かせていたが、やがて誠の見ている雑誌に目を落とした。それから誠の顔をじっと見た。すごく無遠慮な視線だった。

胸に抱いた紙袋を撫《な》でながらボソボソとしゃべり出す。

「これ……、プラモなんだ。九十年の日産シルビア……。レアで高かったけど、やっと手に入れた……。九十年代の赤い塗料の再現が難しいんだ。エアブラシを使ってメタリックを表現するんだ」

何を言っているのかわからなかった。誠がいぶかしげに眉を寄せると、逆に男の方は唇を曲げて笑みを浮かべた。

やっぱりボソボソと言う。

「あんた……。車、好きなの……?」

少しだけ戸惑いながら答えた。

「好きは好きだな……、自動車整備の仕事、してるし」

男が奇妙に唇を歪《ゆが》めた。また笑ったみたいだった。

「おれの兄ちゃんも、車、好きだった」

「兄ちゃん……?」

男の注文したラーメンが届いた。食べづらかったのだろう。白髪交じりの前髪を手《て》櫛《ぐし》で不器用に掻《か》き上げている。湯気の向こうに男の額がちらりと見えた。その額を縦に割るように、まるでミミズが這《は》ったような太い傷跡が刻まれていた。

誠は息を呑《の》んだ。まさかと思う。

このラーメン屋。このテーブル。

縦に伸びる額の傷。

「実……？」

口の中で呟いてみた。疑念が確信に変わっていく。

誠の呟きを聞きとめて、ラーメンを箸に絡めたまま、白髪の男が「え？」と顔を上げた。

面影がある。卵型の顔。一重の目。

「お前、もしかして実か？」

言ったら、白髪の男が顔をくしゃっと皺《しわ》くちゃにした。見えた前歯に黒いものが見える。歯が欠けているのかもしれなかった。

笑っていた。

「なんでおれの名前、知ってんの？」

＊

神様は、兄の工藤誠と、弟の工藤実を引き合わせてくれた。

弟の実はずいぶん変わっていた。ラーメン屋で顔を見たときはそれが弟だとすぐにはわからなかったくらいだ。つやつやと輝いていた頰は薄汚れていた。クルクルの柔らかな髪は白髪に塗《まみ》れて乾いていた。歩き方もなんだかおかしかった。まっすぐに歩けず、少し歩くと電柱に摑《つか》まってしばらく休む。声を出すのも容易ではなさそうだった。吐く息が臭った。内臓を傷めている臭いだった。

わからないのは、弟の方も同じだったようだ。誠が実の肩を摑んで、「お前、実か」と言った時、淀んでいた実の瞳がギュッと黒くなった。誠をじっと見つめ、ずいぶん経ってから、唇を震わせて「兄ちゃん？」と呟いた。

ラーメン屋を出て、弟の家に向かった。実が手を放してくれなかったし、誠ももっと話がしたかったからだ。離れ離れになってから十七年が経っていた。その間、一度も会っていなかったのだ。

弟は一人暮らしだった。一人で町外れの安アパートに住んでいた。

弟の部屋は、何もないのに散らかっていた。脱ぎ散らかした服と、食べ残しがそのままになったコンビニの弁当容器。その隙間隙間に自動車のプラモデルが転がっていた。フローリングの床は油と埃《ほこり》で黒い染みを作っていた。

部屋に入ると、実はまるで這うようにして部屋の奥に進み、むき出しのプラモデルの空き箱から何錠かの錠剤を無造作に摑んで口の中に放りこんだ。そのままた這って、台所の蛇口から直接水を飲む。

誠は訊ねた。

「実、お前、何かの病気なのか……？」

薬を飲んでようやく落ち着いたらしく、流しの下の戸棚に凭《もた》れた状態で実は答えた。

「飲まないと……、死にたくなっちゃうから」

錠剤を手に取ってみた。フィルムコーティングされた白色の錠剤だ。セロトニン再取り込み阻害剤とある。それがいくつも空になっていた。

「お前……、こんなのどこで手に入れたんだ？」

実は戸棚に凭れたままだ。声だけが返ってきた。まるで水に濡《ぬ》れたような弱々しい声だ。

「おれ……、こんなんだけど、体……、買ってくれる人がいるんだよ。それで薬……、買うんだ」

「…………」

「なあ兄ちゃん……。兄ちゃんは施設出てから、何してたんだ」

「おれは……」

答えに詰まった。十八歳で施設を追い出されてから、誠はあらゆる場所をさまよった。居場所が見つけられなくて、文字どおりさまよっていたのだ。生きるためになんでもした。人に言えないようなこともたくさんした。

実はなんだか嬉しそうだった。

「兄ちゃんさっき言ってたろ？　今は自動車整備の仕事してるって……。すげえなあ。立派になったなあ兄ちゃん」

「……………」

「おれは……、兄ちゃんみたいに頭良くないし体も弱いから……、もう、ずっと駄目でさ。知ってるか兄ちゃん。おれさ、施設でいじめられてたんだぜ。ほら、哲《てっ》くんっていただろ。靴ひもが結べなくて、いつも靴がカポカポしてた……。みんなにいじめられてた奴」

「ああ……」

「ちょうどあんな感じだよ。兄ちゃんが施設を追い出されて、そのすぐ後に哲くんも里子に出て……、それでおれがいじめられるようになった。哲くんの代わりだね」

「……………」

「施設を出ても、基本的には何も変わらないんだな。どこでも同じ目に遭うんだ。どこに行っても一番下でさ、誰も相手にしてくんない。相手にされる時は、いじめられる時か、セックスの相手になってる時だけなんだもん」

言葉が出てこなかった。

「でも兄ちゃんはちがうだろ？　おれと同じで施設出身だけど、兄ちゃんは立派に仕事を持って自立してるんだ。すげえよ兄ちゃんは」

「すごくなんかない」

実と目を合わせられなくなった。

——おれは人を殺した。

顔を俯けて唇を噛んでいたら、実が心配そうに覗《のぞ》き込んできた。「どうした兄ちゃん？」

その実が一瞬だけ八つの実に見えて、誠は観念した。嘘はつけないと思った。昔から弟はおれのすることを何でも真似《まね》しようとしていた。弟にとってはおれが憧れだったのだ。

そのおれが大きな罪を犯したと知ったら、いったいこいつはどう思うのだろう。おれが人を殺したと知ったら、弟は何を言うだろう。「出て行け」と言われるのだろうか。「顔も見たくない」と言われるのだろうか。それが怖かった。刑務所で罪は償った。だけど過去は消せない。工藤誠は前科者なのだ。

それでも言うよりなかった。

「おれは……、半年前まで刑務所にいた。今は仮釈放で保護観察がついてるんだ」

実の目の色が変わった。

「え……。兄ちゃん、何をしたの？」

誠は答えた。

どうせおれは終わった人間なのだ。

「人殺しだ」

内臓を吐き出すような思いだった。むき出しの心臓を火で炙《あぶ》られる気持ちだ。

実が目を剝いた。何度も口をパクパクさせ、それから掠《かす》れた声で言った。

「誰を……、殺したの？」

心が引き裂かれる。思い出したくない。

「当時、勤めていた工場の先輩だ」

「なんで」

「その先輩に、おれはずっといじめられていた」

「………」

「おれの片方の耳をつぶしたのもその人だ。その先輩が、あの日、おれと、おれたちの母さんを侮辱したんだ」

「それで殺したの……？」

軽蔑される。せっかく再会できたのに、また弟がどこかに行ってしまう。

「そうだ」

覚悟して顔を上げ、実の目を見た。

実の目が輝いていた。声が弾んでいた。

「兄ちゃんも、おれと同じだったのか」

予想外の反応だった。軽蔑されるはずだったのだ。肩を突かれ、部屋から追い出されるつもりでいた。なのに実は、誠の肩をギュッと抱いた。自らの胸に抱き寄せた。

「すげえよ兄ちゃんは。きちんと復讐《ふくしゅう》したんだ。やっぱりすげえよ」

動転した。

「ちがう。兄ちゃんは負けたんだ。罪を犯したんだ」

「だけど、刑務所で償ってきたんだろ？」

そうだ。その通りではあるけれど、そんなものはまやかしなのだ。なぜなら刑務所は世間とはちがうからだ。刑務所で綺麗《きれい》な体になったと言っても、世間の人々はそうは思わない。過去に事件を起こしたことが一度でもあれば、世の中の人は「また起こすかもしれない」と思う。当然だ。いままで一度の事故も起きていない手術なら安心して受けられる。だけどたった一度でも、重大な事故が起きていれば人は恐怖する。死ぬかもしれないと思う。それと同じだ。

おれは、また殺すかもしれないとみんなに思われているのだ。

「確かに、保護観察期間が終われば刑期は終わる。あと数週間だ。だけどそうじゃないんだ。どんなに反省したって、もう二度としませんって誓ったって、そんなのに意味はないんだ。人を殺した時点でおれも死んだ。もうどこにも居場所なんて……」

実が言った。

「それはちがうよ兄ちゃん。兄ちゃんは、生き返ったんだ」

「……え？」

「悪いヤツを殺して兄ちゃんは生まれ変わったんだよ。魔王をやっつけてここに帰ってきたんだもん」

「お前……、何言って」

「おれも生まれ変わりたいんだ。おれをこんなにした奴らに復讐したいってずっと思ってた。おれをこんなにしたのはあいつらだもの。あいつらがいなくなれば、おれは初めて自由になれるってずっと思ってたんだ。生まれ変わるってそういうことだろ？　やっぱりすごいよ兄ちゃんは。自分の力で生まれ変わったんだ。兄ちゃんはやっぱりおれの憧れだよ」

おかしくなりそうだった。

「ちがう。おれが先輩を刺したのはおれが馬鹿だったからだ。おれが弱かったからだ。いいか実。兄ちゃんはすごくないんだ。お前の方がずっと立派だ。お前は耐えてきたんだろ。いままで生きてきたんだろ。それだけで立派だ。兄ちゃんみたいになっちゃ駄目なんだ」

実の目の輝きは消えなかった。

「ううん。おれ、兄ちゃんみたいになりたい。兄ちゃんみたいに生まれ変わるんだ」

時間をかけて何度も説得したけれど、弟の目の輝きはついに消えなかった。

夜中、弟のアパートを後にしながら工藤誠は思った。

神様は意地悪で残酷だ。

おれだけじゃない。

弟まで、苦しみの輪廻《りんね》に巻き込もうとしている。

＊

夕方の海をなんとなく眺めていたら、佳代ちゃんから電話がきた。

ぽかんと半分口を開いたまま、みどりは電話に出る。

「はいはーい。どした佳代ちゃん」

〈あの……、みどりさん。今ちょっといいですか？〉

「いーよ。海見てただけだし」

〈海ですか〉

「そ。ざぶーんざぶーんって波がうなってる。で、どうしたん？」

少しだけ言いよどんでいるみたいだった。

〈あの……。工藤さんのことでちょっと相談したいんです〉

「あー……？　工藤って、佳代ちゃんが受け持ってる前科者だよな。何したヤツだっけ。殺しだっけ？」

〈……そうです。その工藤さんの様子が、ちょっと変な気がするんです〉

潮風でくしゃみした。鼻を擦《こす》りながら続ける。

「佳代ちゃんさぁ……」

〈はい？〉

「最近もうあたしに隠そうとしないよな。保護対象者のこと」

〈あ……〉

ガバリと頭を下げられた、と思う。電話越しでもわかる。〈ごめんなさい……。なんだか私の中で、いつの間にか困りごとができたらみどりさんに話すのが流れみたいになってました〉

笑う。

「いやあたしは別にいいんだけど、佳代ちゃん怒られるんじゃねえかなって」

〈……怒られますね〉

ニニッと唇を持ち上げた。鼻を擦る。

「で？　どうしたよ。話してみ。マイフレンド」

佳代ちゃんは語った。この半年の間、工藤さんは会うたびに覚えた仕事の話などをして笑いかけてくれた。だけど直近の面談では笑顔がなかった。

「え。それだけ？」

〈はい〉

「それだけで『変だ』とか言ってんの？」

〈はい〉

「んんー……。付き合いたての中学生カップルじゃないんだからそこまで敏感にならなくてもって思うけどなぁ」

〈でも……〉

みどりは言う。

呆《あき》れるけど面白いなとも思う。佳代ちゃんの必死はこういうところに表れる。

「んじゃよし。環境を変えてみよう」

〈はい？〉

「佳代ちゃんどーせ、会う場所は常に佳代ちゃんの家で、同じ形でテーブルに向き合って、毎回牛丼出して、毎回『おいしいです』とか言わせてんだろ？」

〈………〉

「飽きられてんじゃね？」

〈そうですかね……〉

「ちょっとずつ試そう。まずは場所」

佳代ちゃんの声が少しだけ明るくなった。ホッとしたみたいだ。

〈……はい。今度は外で会おうって言ってみます〉

通話を終える間際に言われた。

〈みどりさん。ありがとう〉

みどりは笑う。満更でもない気持ちだ。

「へへ。なんくるないさー」

4

夜中、酔っ払いのいざこざを治めて交番に戻ってきたら、金田《かねだ》巡査部長が路上に倒れていた。自転車置き場の脇だ。最初はふざけているのかと思った。金田巡査部長は時々、冗談にならない冗談を言ったりするからだ。先日だって、迷子になってしまった認知症のおばあちゃんを探してくれと頼みに来た家族に、「見つからないほうが良かったりするんじゃないですか」とニヤニヤしながら言っていた。凍りついた空気を察したのか、すぐに「冗談ですよ」と言っていたけど、冗談には聞こえなかった。

そういう人だ。

だから今日だって、夜勤時間を持て余しての悪質な冗談なんじゃないかと思ったのだ。新米警官を脅かして楽しむ、金田巡査部長ならやりそうなことだ。

うつ伏せの金田巡査部長に声をかけたけど動かなかった。揺すってみたら、腰のホルスターが開いているのが見えた。そこにあるはずの拳銃が見当たらなかった。一気に心臓が跳ね上がる。

「金田巡査部長！　どうしました！」

返事はない。巡査部長の横たわるコンクリートの地面が、街灯の明かりの中、じわじわと黒く染まっていった。黒い水たまりは腹から湧き出した血のようだった。何者かに拳銃を奪われたのだろうか？　もしかして、その拳銃で金田巡査部長が撃たれた？

無線を握る手が震えた。

警視庁刑事課強行犯捜査係の滝本真司《たきもとしんじ》は、警察車両の中で事件発生の報を受けた。

〈至急、至急、警視庁から各局。警視庁大田警察署久原《くはら》交番において拳銃奪取事件が発生。マル被（被疑者）にあっては警察官に対し拳銃を発砲。その後、同署から駆け足にて久原駅方向に逃走。現在時、警視庁大田警察署を中心とした十キロ圏配備を発令する〉

助手席にいる先輩刑事の鈴木充《すずきみつる》が、顔に載せていた雑誌を右手で持ち上げた。

〈本件マル害（被害者）である金田巡査部長五十四歳については近隣の病院へ搬送、重体の模様。以上警視庁〉

鈴木刑事が、運転席の真司に目を向けてシニカルに呟いた。

「金田かよ……。あいつ、撃たれても不思議じゃねえくらい各方面から恨まれてんだよな」

真司は答える。

「鈴木さん。そんなこと言うもんじゃないですよ」

鈴木刑事が指を折って数えている。

「ナンブは五発だろ。奪われた拳銃で金田が撃たれた。てことはあれだな。あと四発、シリンダーには残ってるわけだ」

四発という数が不吉に聞こえる。「……はい」

鈴木刑事が「ヒヒ」と小さく笑った。

「拳銃盗んで、犯人は何するつもりなのかね」

＊

「次の面接は外でしましょう」

佳代が電話でそう告げたら、工藤誠は意外な反応を見せた。

〈あ……。そうなんですね。……わかりました〉

「あれ？　もしかしてちょっと嫌ですか？　いつもの私の家の方がよかったですか？」

〈いや……。あの……、面接の時阿川先生が作ってくれる食事、うまかったから〉

佳代は笑う。

「なんだ。大丈夫。お弁当を持っていきます。気持ちのいい外で一緒に食べましょう」

それでここに来た。大きな商業ビルの中ほどにある、無料で入れる屋外のテラスだ。植え込みの傍《そば》にベンチがあって、佳代はそこに座っている。隣には工藤がいる。

晴れてよかった。日差しが気持ちいい。目を細めて太陽を浴びていたら工藤に言われた。

「阿川先生って、変わってますね」

「そうですか？」

「おれなんかに弁当まで作ってくれて……」

「相変わらずの牛丼弁当ですけどね」

「おれ、阿川先生の作ってくれる牛丼好きです」

弁当のふたを開けた。工藤が嬉しそうに唇を曲げている。箸を取って食べ始めた。ふくらむほど頬張って、よく噛んでから飲み込んでいる。

工藤が息をついた。目を細めて佳代を見る。

「阿川先生がおれの保護司で、おれ……よかったって思います」

佳代も微笑んだ。みどりさんのアドバイスに従って場所を変えてみてよかったと思う。今日の工藤さんも元気そうには見えない。だけど、食べる姿を見ると安心する。人が物を食べる姿を見るのはそれだけで幸せなのだ。

そんなことを考えていたらふと思いついた。

「そうだ工藤さん。お祝いに食事でもしませんか？」

工藤が不思議そうな顔になった。「お祝いって……？」

「あと一回で保護観察が終わるじゃないですか。そのお祝いですよ。工藤さん、どこかおいしいお店知ってますか？　私はあまり外食をしないので詳しくなくて……」

工藤がゆっくりと唇を持ち上げて微笑んだ。「そんなことまでしてもらっちゃ……」

「いいんですよ私がしたいんです」

考えている様子だった。ずいぶん間があってから、工藤がスマホの画面を佳代に示した。

とても小さなラーメン屋だ。

「ラーメンですか。おいしそうです」

工藤が呟くように言った。

「俺、高級な店とか知らないから……。この店、小さいけど、味はすごくいいんです。昔、お袋と弟と一緒に行った店で……。ラーメン、三人で一緒に食べて」

「そうなんですか。想《おも》い出の味なんですね。楽しみです」

工藤は嬉しそうだった。

「さっき……。阿川先生、神社で言ったじゃないですか。『神様なんているわけない』って」

急にそんなことを言われて少しだけ戸惑った。でも確かに言った。今朝、工藤との待ち合わせ場所に指定した神社での話だ。

先にやってきていた工藤は、参拝する見知らぬ親子の後ろ姿をじっと眺めていた。

佳代は工藤の背中に声をかけた。「なにかお願いしたいことでもあるんですか？」と。

工藤は親子を見つめたまま答えた。

「いえ……。あの親子、何を願ってるのかなって思って……」

佳代も熱心に祈る親子に目をやった。そして言った。

「そうですよね。神様なんているわけないのに」

「え……？」

「神様にお願いして願いが叶《かな》うなら、誰だって幸せになれますから。神社って、自分の願いを確認するためにあるんだと私は思ってます。神様は何も叶えてくれない」

「阿川先生……？」

「私、保護司になってそう思うようになりました。罪を犯す人の多くは、子どもの頃からたくさんの問題を抱えてきているんです。でも、子どもだから問題を解決する術《すべ》も無くて……、悲しんで、苦しんで、いろんなことを諦めて大人になっていくんです。神様なら――、もし神様がいるなら、そういう人たちを救うはずです」

「………」

「神様がいるとしたら、それは、残酷で意地悪な神様です」

その時のことを言っているのだ。

工藤がゆっくりと続けた。

「おれも、そう思います。だけど……、二十五年前のあの時は……、三人でラーメンを食ったあの時だけは、おれ、神様ってのも、もしかしているんじゃないかって思えたんです」

そして笑った。

「阿川先生が言うみたいに、意地悪な神様かもしれないですけどね」

5

さっき、警察車両の中でラジオが言っていた。

〈久原交番の警官襲撃事件から六日が経ちました。本日未明に意識が戻った金田巡査部長のもとには、回復を祈る多くの市民から、三百通を超す励ましのメールが届いているとのことです〉

——励ましのメール。あの人に励まし……、ねえ。

滝本真司は病室の前にいた。金田巡査部長が入院している個室の前だ。

薄暗い廊下の奥から鈴木刑事が近づいてきた。真司の隣にやってきて端的に訊ねる。

「金田は今、目、覚ましてるのか？」

「はい」

「話、聞けそうか？」

「なんとも。非常に非協力的な様子で」

「け。あいつらしいぜ」

鈴木刑事が無遠慮にドアを開けた。ベッドを一瞥《いちべつ》してずんずん金田巡査部長のもとに近づいていく。真司も後に続いた。本当は、意識を取り戻した時点で聴取したいところだった。だが金田がそれを拒んだ。自分で「今は話せる状態じゃない」とうそぶいて、夕刻近いこの時間まで事情聴取を引き延ばされた。

鈴木刑事がベッドの金田を見下ろしている。

「どうやら三途《さんず》の川は渡らずに済んだみたいだな。まずは無事で何よりだった。で、早速だが話を聞かせてもらうぞ」

金田巡査部長が呆《ほう》けたような目で鈴木刑事を見ている。その目をぬるりと動かして真司も見た。何も言わない。

真司が懐から取り出した写真を受け取って、鈴木刑事が金田の顔の前にそれをグイと押し出した。

「あんたから拳銃を奪ってあんたを撃ったのは、この黒いフードの男で間違いないな？」

付近の防犯カメラに映っていたものだ。顔は黒いフードに覆われていて判別できない。背格好がわかるだけだ。中肉中背の男性であること。歩き方や歩く速度から見て成人男性、年齢は二十代から五十代くらいか。それしかわからない。

「あんた、こいつの顔は見なかったのか？　声は？　聞かなかったか？」

「…………」

「何か言ってくれないか。心当たりはないのか？」

金田がうつろな目を鈴木刑事に向けた。ボソボソと言う。

「いいえ」

暖簾《のれん》に腕押しだ。真司も訊ねた。「あなたに恨みを持っていそうな人物は？」

さっきとまったく同じイントネーションで金田が答えた。

「いいえ」

鈴木刑事の苛立《いらだ》ちが真司にも伝わってきた。小刻みに爪先が床を打っている。

「金田さん。あんた、監察にマークされてるだろ。かなりの要注意人物だ。警察官の立場を利用した恐喝に脅迫、後輩への暴行とハラスメント。ずいぶん聞いてるぞ。あんた、いろんな人間から相当恨みを買ってたんじゃねえのか」

「………」

無言のまま手を伸ばし、金田が床頭台《しょうとう》の上に置かれたスマホを摑んだ。真司は身を乗り出す。鈴木刑事の質問に該当する人物を、金田が示そうとしているのかと思ったのだ。

だけど聞こえてきたのは、スマホゲームの起動音だった。

「お前……」

鈴木刑事のこめかみに青筋が見えた。このままだと殴り掛かりかねないと判断して、真司は鈴木刑事の腕を摑んで無理やり病室から引きずり出した。

鈴木刑事の息が荒い。病室を出ると同時に鼻息を吹いて叫ぶように言った。

「ふざけやがってあの野郎。滝本！　あの野郎が過去に関わった案件、ぜんぶ洗い出すぞ」

「はい」

真司もそうすべきだと考えていた。金田という人間の評判は悪い。実際に会ってみてもその印象は悪くなりこそすれ、改善される要素は一つもなかった。けれどあの態度はあまりにも不可解だ。なぜなら今回に限っては、金田は被害者なのだ。自分が撃たれたのだから、金田なら、必要以上に喚《わめ》いたり犯人を罵ったりするはずなんじゃないのか。なのになぜそうしない。

矛盾しているようだが、なぜかこう感じた。

――まるで、犯人に捕まってほしくないみたいじゃないか。

＊

今日は買い物に付き合わされた。乾物屋なんてまともに入ったのははじめてかもしれない。

両手いっぱいの袋に詰まった食材を見下ろしながら、みどりは呆れつつ言う。

「なんで干し貝柱なんて買うんだ？　高いだろ」

そう言ったら佳代ちゃんが答えた。

「たまにはいいじゃないですか」

「どうせ前科者のためだろ？」

「すごい！　なんでわかったんですか」

「読めるよ。おバカ代ちゃんの考えることくらい」

笑いそうになる。佳代ちゃんの頭の中ってそればっかだ。

佳代ちゃんはなんだかうきうきしているみたいだった。

「こないだご馳走《ちそう》になったお粥《かゆ》がすごくおいしくて……。それで作り方を聞いたんです。だから」

「牛丼もそうだけどさ、前科者を食い物で釣ろうって魂胆が見え見えだな」

「だって私は保護司としての力なんてないし……。頭でっかちだし……」

「お。それはわかってるんだ。偉いじゃん」

「だからせめて、食べ物がおいしければって思うんです。だから……」

「ん？」

「みどりさん。今日は、料理手伝ってくださいね」

頭のてっぺんから声が出た。「は⁉」

台所に立ちながら、佳代ちゃんにとって自分って何なんだろうと少し思う。

出会ったときは、保護司と保護観察対象者だった。暴行傷害と恐喝で二年の懲役刑をくらった女だっていうのに、佳代ちゃんはみどりを怖がらなかった。はじめて会った直後に「三千円貸して」って言ったら、「対象者とお金の貸し借りはできないんです」とにべもなく断られた。でも、「いやー、ムショじゃ髪染めらんないからさ。さっき美容院行って染めてもらったら金足んなくてさ。それでほら、店員さんが金取りにそこまで来てんだよね」って言ったら、ペコペコ頭を下げながら店員さんに三千円渡していた。子どもみたいに頬を膨らませて怒っていたのに、その後に手作りの牛丼を食わせてくれた。銭湯の回数券ももらった。

「前科者、怖くないの?」って聞いたら、「あなたがはじめての受け持ちなのでわかりません」って言われた。二年前、新米保護司だった阿川佳代の、はじめての保護対象者が斉藤みどりだったのだ。

まな板が鳴っている。佳代ちゃんが隣で出汁《だし》を取っている。

今は?

今、佳代ちゃんは、あたしをどう思っているんだろう。

「なあ佳代ちゃん。今日来る前科者って何やったやつ?」

大根を細切りにしながら佳代ちゃんに訊ねてみた。

「え? 今日は面接じゃありませんよ」

「あれ? じゃあなんで飯作ってんだよ」

「今日は、私が過去に担当した人をみんな呼ぶんです。他の人に会いたくない人は時間差で来ることになりますけど」

土鍋を見て納得した。すごく大きな、十号はありそうなサイズだったからだ。

「それでこんな量あんのか。ふーん。保護観察終えても付き合いあるんだな」

「ありますよ。みどりさんともこうしてよく会ってるじゃないですか」

「あたしはあれだろ。友達枠だろ」

「そうですけど、他の人だって付き合いが途切れるわけじゃありませんから。みどりさんをはじめ、私が担当する人って、なぜかみんな濃いんですよ」

「おい」

「だからテンション上げて臨むんですけど、毎回うまく行かなくて」

「……かもな。佳代ちゃんよく悩んでるもんな」

「……クソ食らえって思うことも多いし……。もちろんそれは自分のせいなんですけど……。そんな時、食事がおいしいとホッとして」

鍋から小皿にちょっとだけ掬《すく》った。味見する。

「うん。よし。——私がそうなら、みんなもそうかなって。だから……、たまに食事に招待しようって思って」

ふうんと思う。佳代ちゃんが言っていることは綺麗事だ。だけど、本心から言っているのがわかるから本音でもある。ちょっと抜けてるし、基本的に弱いし、すぐ落ち込んだりするけどそれが阿川佳代という人間なのだ。そんな佳代ちゃんだから、あたしを含めて、みんな、またここに来たいって思うのかもしれない。

やさしい顔をしていた。

「私……、大事なのはふつうの生活だと思うんです。保護観察が終わった後にこそ、本当のふつうが始まるんだと思うんです」

少しの間離れていると、佳代ちゃんの顔が浮かんでくる。「おかえりなさい」って言ってほしくなる。

口に出して言った。

「ほんと……。お人好《ひとよ》しだよな、佳代ちゃんは」

6

結婚式に参加した帰り道なのは、引き出物の入っているらしい袋と、雑多な町に似つかわしくないドレス姿ですぐにわかった。

三人で連れ立って歩いている、その真ん中が田辺《たなべ》やすこだ。

いくつだったろう。あの時四十歳くらいだったから、いまは五十代の後半だろうか。以前と変わらずつるんとした肌をしていた。両隣の同僚だろう女性にずっと微笑みかけている。

あの時と変わらない絵画みたいな笑顔で。

雑居ビルの一階部分、階段とエレベーターのスペースに三人が足を止めた。会話が聞こえる。

「じゃあ私、三人で入れるかお店に聞いてきます」

「あ、うん。ありがとうねキョウちゃん」

「いいえ。じゃあお二人はここで待っててください。行ってきますね」

一人消えた。あたりを見回す。人通りはあるが、構わないと思った。田辺やすこの連れも一人になった。三人だと抵抗されるおそれもあるが、これなら大丈夫だろう。やれる。

黒いフードを目深にかぶった。そのまま田辺やすこの前に歩み出る。

自分の影で田辺やすこの顔が黒く染まった。やすこが一度まばたいてから顔を上げた。

おれを見た。

「え……。どなた？」

無言で拳銃を持ち上げ、そのままやすこの額に押し当てた。

「え……？」

撃つ直前にフードとともに髪を掻き上げ、やすこに顔を見せてやった。

やすこの顔が引きつった。それを確認してから引き金を引く。

撃つと同時に言ってやった。

「死ね」

田辺やすこが、頭から背後の壁に叩《たた》きつけられた。額に大きな穴が開く。隣には連れの女性がいたし、路地には人が歩いていたけど誰も悲鳴を上げなかった。

男は、やすこがその場に頽《くずお》れるのを確認してから、右手に拳銃を持ったまま歩き出した。

煙が背後に流れていく。

しだいにざわつき始める周囲に紛れて呟いた。

「あんたが嘘つきだからいけないんだ」

〈至急、至急、蒲田《かまた》路上において拳銃発砲事件発生。マル害女性一名。意識不明の状

態。なお、マル被は現場から国道十五号線方向へ逃走。人着は黒色のフードで――〉

真司は両手をハンドルに叩きつけた。「くそっ！」

鈴木刑事が荒ぶる真司を見ている。「おいおい。ハンドル叩くんじゃねえよ。エアバッグが作動したらどうすんだ。始末書もんだぞ」

「鈴木さん。またですよ。また発砲事件です」

「そうだな」

続けて無線から聞こえてきた。

〈マル害は、区役所福祉課職員の田辺やすこ五十七歳。後輩の結婚式に出席後、二次会の店を探しに行った同僚を待っていた間に本件事件に遭遇した模様〉

鈴木刑事が呆れたように言った。

「ためらいなく一発かよ。どんだけ恨んでたんだって話だよな」

「………」

鈴木刑事が無線を摑んだ。本部に告げる。「鈴木、滝本、向かいます」

真司はアクセルを踏み込んだ。また被害者が出てしまった。詳細は不明だが、奇妙な実感があった。

これは、金田巡査襲撃事件とつながりのある事件だ。

やるせなかった。奪われた拳銃で人が撃たれたのだ。人は死ぬと生き返らない。二度と会えなくなるんだっていう当たり前のことを、この犯人は知らないのだろうか。

＊

工場の隅に置かれたタイヤの上に腰かけて、中崎社長がアイスを齧《かじ》っていた。どうやら休憩中らしい。付けっぱなしのラジオがニュースを伝えている。

〈殺されたのは、区役所福祉課職員の田辺やすこさん五十七歳です。使用されたのは、先日の交番巡査襲撃事件で奪われた銃と同一であることが判明しました。警視庁は、今後は、二つの事件の関連を徹底的に捜査すると発表しています〉

それを聞いて中崎社長が眉を寄せた。食べかけのアイスから口を離し、嫌そうに長い息をつく。

「嫌だねぇ。物騒でさ」

誠は血の気を失っていた。自分の顔が、白を通り越して青くなっているのを感じる。

……、ほんのちょっとだけかもしれないけど、そいつ考えたんじゃないかな。『いじめなきゃよかった』ってさ」

「実……。お前何を言ってるんだ」

「だって、そうじゃなきゃあんまりだろ。おれたち、今までずっと、ずーっと下に見られてきたんだもん。『いじめてもいい奴』って思われてきたんだもん。死ぬ間際くらい、『こんなことになるならいじめなきゃよかった』って思わせなきゃ悔しいじゃないか」

実が体を起こして壁の時計を見た。その後で、氷が解けるみたいにぬらりと笑った。

「ねえ兄ちゃん。車出してよ。おれ……、行きたいところがあるんだ」

＊

「お前……、こんなところで何がしたいんだ？」

隣で実が川面《かわも》を見つめている。流れる水を見たまま実が言った。

「兄ちゃんと二人でどこかに遊びに行ったとか、そういう想い出って、あんまりないよね」

誠も川に顔を向けた。養父がいた頃はそれどころじゃなかった。母は毎日殴られていたし、毎日じゃないけれど、誠も実も養父に虐待を受けていた。自分たちを守ろうとした母が、よりひどく養父の暴力にさらされるのを見ていたから、誠もやがて抵抗するのをやめた。殴られるままにしていれば最も早く事が済むのだと学習した。

養護施設に入ってからは、ほとんど行動の自由がなくなった。金銭的な余裕も心の余裕もなかったから、どこかに遊びに出かけるなんて発想が浮かばなかった。

もしかして、兄弟二人で川を眺めるなんて、はじめての経験なのかもしれなかった。

右手には、土手を包むように伸びた橋がある。橋脚が川原に伸びていた。

「ああいう場所で、みんなバーベキューとかするのかなぁ」

実がそんなことを言っている。まるで自分とは無関係の話をしているみたいだ。

誠は居《い》た堪《たま》れなくなって言った。弟が不憫《ふびん》でならない。

「なあ実。おれたちもさ、バーベキュー、してみようか。おれの保護司、阿川先生って言うんだけど、その人が料理が得意でさ。いつも美味《うま》い飯を作ってくれるんだよ。その人も呼んでさ、三人で肉を焼いて食べるんだ」

実の目は川面を向いたままだ。ポツリと言う。

「ホタテとかも食えるかな」

「食えるさ。兄ちゃん、スーパーで食材たくさん買い込んでくるから」

実が笑ったように見えた。少しだけ頰が弛《ゆる》んだように見えた。

「いいね。いつか、そんな日が来たら」

その時だ。実の目が土手の上に向いた。

「あ。来た」

実が立ち上がった。土手の上を見ている。誠も立ち上がった。夕日を受けてオレンジ色に染まった土手の上を一台の自転車がゆらゆらと進んでいた。乗っているのは初老の男か。光源に向かって飛ぶ蛾《が》みたいにゆらゆらと橋の下に向かっている。

「兄ちゃん、ちょっと待っててね」

実が土手に上がって行った。頭にフードをかぶる。誠も後を追った。「おい実。何する気だ」

まるで車線が一つになるみたいに、実と自転車の男がスウと交わって、橋桁の下の暗がりに消えて行った。あんまり自然な動きだったから知り合いなのかと思った。ただ挨拶に行っただけなのかと思いそうになった。

けど、すぐ後に聞こえてきた音で、それはただの逃避だと気づかされた。

銃声だ。

一秒くらい固まっていたと思う。

「実！」

やっと声が出て足が動いた。誠は橋桁の暗がりに駆け込んだ。暗がりからゆっくりと実が出てきた。黒い物を持った右手が先に影から出て日の光を浴びた。拳銃だ。煙が出ている。

「お前……」

実がフラフラと誠の脇を通り抜けて行く。すれ違い際に言われた。

「兄ちゃん……。そいつが誰だか、わかる？」

暗がりに目を向けた。丸みを帯びた橋脚に、男が一人、身体を投げ出すようにして頭を垂れていた。黒い地面に、男の頭から血が滴ってさらに黒い水たまりを作っていた。

誠は男に近づき、震える手で顎を持ち上げた。額を撃ち抜かれている。まるで目が三つあるみたいだった。驚愕《きょうがく》の表情のまま二つの目は開いていた。もう死んでいるのに、十七年前と同じように、その顔は奇妙に歪んでいた。

知っている。施設の職員だ。

「浅井《あさい》先生……」

車に戻っても、震えは止《や》まなかった。自分の感情が何なのかわからない。

「お前……！　お前何やってんだ……！」

実は後部座席に胎児みたいに体を丸くしていた。丸くなったまま震えていた。

「もう……、やっちゃったもん」

「警察……。警察に行こう。自首しよう」

「いやだ。まだ終わってないもん」

「まだ……？」

丸まったまま、実が腹の下から何枚かの写真を取り出した。それを誠に示す。

「兄ちゃん、これ、誰だかわかるか」

受け取って顔の前で広げた。一枚目、警察官だ。新聞とテレビの画面で見た顔。拳銃を奪われた金田っていう警察官だ。

「…………」

実が唇を曲げて笑った。「そいつ……、あの時……、母さんに何もしてくれなかったお巡りさんだよ」

覚えている。誠が十、実が八つの時だ。母は、父の暴力に耐えかねて行政に助けを求めた。誠と実はわけもわからずについて行った。交番にいるお巡りさんは正義の味方だから、きっとお母さんを助けてくれるはずだと思っていたのに、あいつはそうじゃなかった。

あの時の交番にいた巡査だ。

「ずっと後を付けたんだ……。それで、今の勤務先の交番がわかった」

ドッと汗が湧き出した。喉の筋肉が震える。

二枚目。今度は女性だ。優しそうな顔をしている。聖母みたいな微笑みを浮かべている。

「そいつ、すごい嘘つきだったよね。……母さん、こいつに、必ず助けるからって言われて嬉しそうだったのに……」

覚えている。区役所の相談窓口に出てきた女性だ。母さんの手をギュッと握りしめて、自分も泣きそうな顔になって言っていた。「辛かったね」って。「必ず助けるからね」って。

母さんはその後に死んだのだ。助けを求めた後に、殺されたのだ。

実が言った。

「田辺やすこ」

奪われた拳銃で殺害された、福祉課の職員だ。

実がゆっくりと言った。まるで褒められるのを待っているみたいだった。

「がんばって家をつきとめたんだよ」

写真を持つ手が震える。震えを止められない。

「三枚目の写真は……、あは。兄ちゃんも今見たばかりだね」

三枚目は男性だった。ついさっき見た顔だ。

児童養護施設で何年間も見続けてきた顔、施設の職員だ。

「浅井先生……」

実が丸まったままカタカタと体を震わせている。笑っているのかもしれなかった。

「そいつ、おれにいろんな薬をたくさん、たくさん飲ませたんだ。おかげでおれは、

――こんなになっちゃった」

すべて実がやったのだ。警官から拳銃を盗んだのは実だ。その銃で人を撃ったのは実だ。二人も殺した。今、世間を騒がせている凶悪犯は弟なのだ。

天を仰いだ。

実は復讐しているのだ。自分の人生をボロボロにした人間たちを、自分の手で罰しようと決めたのだ。だから銃を奪った。

今の実は子どものように澄んだ目をしている。

そこには微塵《みじん》の悪意も感じられなかった。正当な仕返しだと思っているのだ。

「兄ちゃん……。残りの写真も見てよ。突きとめるの、たいへんだったんだから」

見たくない。体ばっかり震えてしまう。

弟は三人を撃った。

だけど写真はまだある。二枚もある。

誰だ。

見なくともわかっていた。おれと実が最も憎む存在だ。母を殺した悪魔のような男だ。

あいつだ。

「弾もまだ、二発残ってる」

実が言った。愛《いと》おしそうに黒い銃身を撫でていた。

「兄ちゃん言ってただろ。おれも生まれ変わりたいんだ。殺さないと、おれ、生まれ変われないもん。兄ちゃんみたいになりたいんだよ」

笑う弟を見てこれだけを思った。

呪いだ。

人殺しである自分との再会が、弟をここまで狂わせてしまった。

人殺しである兄がいたせいで、弟は化け物になってしまった。

幼い頃、自分をトランプに誘った時と同じ口調で弟は言った。

「兄ちゃん。一緒にやろうよ」

誠は絶望する。

ぜんぶおれのせいだ。

前科者

第二章　前科という呪い

1

約束の時間に、工藤はやってこなかった。

最後の面接日だ。今日が終われば工藤の保護観察は終わる。罪を償い終え、晴れて社会復帰できるはずだったのだ。

煮詰めすぎた牛丼がコンロの上でクックツ悲鳴を上げている。

佳代は何度も工藤のスマホに電話を入れた。けれどずっと留守電だった。折り返しもない。面接を無断ですっぽかすのはご法度だ。仮釈放が取り消しになってしまう。だから工藤の勤務先である自動車修理工場に電話を入れるよりなかった。少しでも工藤さんの不利になるようなことはしたくなかったのに。

「保護司の阿川です。中崎社長、今日の面接に、工藤さんがまだ来ていないんです」

すると社長は言った。すべてを諦めたような、とても悲しい声だった。

〈もう、あいつは戻ってこないかもしれねえなぁ〉

工藤は住み込みで働いていた。工場の二階の一部屋が工藤誠の居室だ。工藤は工場の掃き掃除をするのが日課だったのに、今朝は姿が見えなかった。だから、中崎社長は部屋に行ってみたのだそうだ。そこで見つけたのだそうだ。

綺麗に畳まれた作業着と、その上に載った四つ折りのタオル。

その脇にはスマホと部屋の鍵と爪切りが置かれていた。そして、「阿川」の判子で埋め尽くされた、一回を残した連絡カードもそこにあったそうだ。

工藤誠は、すべての私物を部屋の真ん中にポツンと残して、姿を消したのだ。

＊

「被害者は児童養護施設職員の浅井健太郎《けんたろう》五十一歳。五年前にギャンブルが原因で妻と離婚し、今は土手沿いのマンションに一人で暮らしていたようです」

鈴木刑事が遺体を見下ろしている。コールタールみたいな色をした血に覆われた遺体の上半身を見ている。

真司も隣にいた。遠くで野次馬が騒いでいる。時折鑑識のものではないフラッシュが光る。

「で？　通報者は？」

鈴木刑事の質問に先着していた刑事が答えている。

「犬の散歩にきた近くの住人です。男の後ろ姿を目撃しています」

「遺留品は？」

「被害者の爪の隙間から組織片が採取されました。おそらく――、撃たれる前に抵抗したのだと思われます。犯人の皮膚片でしょう」

「弾は？」

「金田巡査部長の拳銃と線条痕が一致したそうです」

鈴木刑事が忌々《いまいま》しそうに舌を鳴らした。真司に言う。

「聞いたか？　三人目だ」

＊

東京保護観察所に佳代はいた。高松保護観察官にできるかぎり掛け合ってみたけれどやはり無理だった。

法律なのだ。

高松保護観察官は言い切った。

「保護観察期間中に正当な理由なく面接を放棄した以上、裁判所に引致状を請求しなければなりません。工藤誠の仮釈放は取り消されます。見つかれば逮捕です。再び刑務所に収監されることになります」

佳代は肩を震わせていた。ふがいない。自分の無力が憎くてしかたなかった。

「私に……、何かできることは」

高松保護観察官にはっきりと言われた。

「もう、何もありません」

＊

いつの間にか日が落ちて部屋の中は暗くなっていたけど、電気を点《つ》ける気になれなかった。

佳代は居間のちゃぶ台の脇で、膝をついたままずっと項垂《うなだ》れていた。

顔を上げる気力もない。

――なぜ工藤さんは姿を消したのだろう。

私の何がいけなかったのだろう。保護司として、もっと工藤さんのためにできたことがあったんじゃないのか。それが足りなかったから工藤さんは姿を消してしまったのかもしれない。だって工藤さんは私に相談してくれなかった。保護司は保護観察対象者にとって、もっとも身近な相談相手であるはずなのに。ひと言も言わずに姿を消してしまったということは、きっと、「この人には話せない」と思われたってことだ。信頼されていなかったんだ。私が至らないからだ。私がもっと親身になって、工藤さんの気持ちに寄り添うことができていれば、こんなことにはならなかった。私のせいだ。


自分の言葉に追い詰められていく。心が沈みきっているから体まで動かない。

もう何時間こうしているのか、自分でもわからなくなっていた。

パッと明かりが灯《とも》った。敷居のところに誰かが立っている。

「ブエナス・ノーチェス！」

ものすごく陽気な声が頭の上から降りかかってきた。佳代はゆっくりと顔を上げる。

「何で真っ暗な部屋でじっとしてんの？　まさか瞑想《めいそう》でもしてんの？　それともヨガ？」

みどりさんだ。ニニッと笑っている。そしてすごい格好をしている。フリフリのスカートに赤と黒のチェック柄の肩丸出しのシャツ。大きなリボンが金色の頭を半分隠している。思わず口がぽっかり開いてしまった。自動的に笑ってしまう。

「みどりさんこそ、何ですかその格好」

みどりさんがその場でクルリと回ってみせた。「へへ。人手が足りなくてさ。今日はあたしもステージに立ったんだ。どうよ佳代ちゃん。アイドルに見えるか？」

さっきは少し笑ってしまったけど、みどりさんにはアイドルの格好が似合っていた。キラキラ輝いて見える。

佳代は静かに答えた。「いいですね」

みどりさんがスカートを揺らしながら本棚のところに歩いて行く。「だろー？　まだまだあたしも捨てたもんじゃないよな」

「私、前に言ったじゃないですか。みどりさんならアイドルだってできるって」

「へへ。正確には『みどりさんだってまだまだ若いじゃないですか』的な言い方だったろ。意訳しすぎ」

笑った。

「よく覚えてますね」

「あたしこう見えて頭いいんだ。さっきの挨拶だってイケてたろ？　ブエナス・ノーチェス！」

「どういう意味なんですか？」

「ポルトガル語でこんばんは」

「スペイン語ですよ」

みどりさんが顔を赤くした。「あ！　なんだよ知っててあたしをたばかったのかよ！　ひっでえな佳代ちゃん」

「ふふ。ごめんなさい」

みどりさんが本棚に手を伸ばして本の背表紙に触れている。

「で、佳代ちゃん。何があったんだ？　聞いてやるから言ってみ」

やっぱりみどりさんには敵《かな》わないと思う。凹んでいる私に必ず気づいて、こうしていつも助けてくれる。

「工藤さんが……、姿を消してしまったんです。最後の面接にも来ませんでした」

「ふーん」

「保護司との面接を正当な理由なく拒否してしまったし、協力雇用主であった中崎社長にも不義理をはたらいてしまいました。工藤さんの仮釈放は取り消しになると思います」

「へー」

「せっかく半年間がんばってきたのに……。工藤さんの更生のために、私、もっとできたことがあったんじゃないかって思うんです。私に足りないところがあったから、最後の最後でこんなことに……。工藤さんに申し訳なくって……」

　指を伸ばして本の背表紙をつつきながらみどりさんが言った。

「それはちがうな。『何が足りなかったのか』じゃねえだろ。考えるべきは、『何があったのか』だろ」

「え……？」

「んなもん、勝手に姿を消した前科者が悪いに決まってんじゃん。全面的に。もう百パー。佳代ちゃんの悪い癖だよそれ。何でもかんでも自分のせいだって考えちまうのはさ」

「…………」

「そのせいで必要なことが見えなくなることだってあるんだ。まずはその工藤ってやつに何があったのか調べなきゃ始まんねえだろ」

　言われて初めて自覚した。その通りだ。何か理由があったのかもしれないじゃないか。自身を省みるのは理由を知ってからでいい。そうでなきゃいけない。

　ほんの少しだけ元気が出てきた。

「みどりさん、ありがとう」

　みどりさんがニッと笑った。指をかけていた本を抜き出して表紙を眺めている。

「お、中原中也じゃん。詩集も読むんだ佳代ちゃんって」

「本当に……、みどりさんはすごいですね」

「え？　そう？　へへ。もっと褒めて」

「みどりさんは頭もいいし、どんな時でもまわりを見失わない。尊敬します」

「え。マジで褒めてくれるんだ……。なんか気持ち悪《わり》ぃな」

「私の正直な気持ちです。でもみどりさん！　その本だけは駄目です！　触れることも許しません！」

「わ。急に元気になったな佳代ちゃん。何で？　へそくりでも挟んであんの？」

「私にだって、誰にも踏み込んでほしくない場所があるんです！」

「えー。佳代ちゃんは前科者たちにとってのオープンカフェだろ。あ。でもこの本『学校図書室』ってラベルが貼ってあんじゃん！　さては佳代ちゃん図書室から本をパクったな！　過去の窃盗歴を隠そうとしてんな！」

みどりさんに駆け寄った。本を奪い取ろうとする。「ちがいます！　その本は……！」

みどりさんが本を持ち上げた。「中原中也だけに、『汚れっちまった悲しみに……』ってか」

佳代をからかう笑顔のまま、みどりさんが本の中ほどを開いた。そして見つけてしまった。そこに書かれている言葉を。力を込めた筆致で、何ページにも亘《わた》って書かれた「殺す」の文字を。

鉛筆の銀色の線が叫んでいる。

殺す。殺す。殺す。

ぜったいに許さない。

みどりさんの手がページをめくった。

そこに書かれているのは、佳代の魂を縛る言葉だ。

なぜ、お前は生きている。

みどりさんが佳代を見た。笑顔が消えていた。

「なにこれ」

佳代は答えない。答えられなかった。

「佳代ちゃんが書いたのか？」

無言で首を横に振る。

「じゃあ誰が書いたんだ？　子どもの字みたいだけど」

言えない。それは佳代の心の深い傷に直結しているからだ。言ったら佳代の心は裂けてしまう。立ち直れなくなってしまう。

「あたしにも……、話せないようなことなのか」

佳代はまた首を横に振る。みどりさんに打ち明けるのが怖いわけじゃない。

話すことに、佳代自身が耐えられないのだ。

十五年前のあの日の出来事を、阿川佳代はまだ引きずっている。

たぶん永遠に、引きずり続けるんだと思う。

2

たまに夢に見る。

前半だけを見るときは甘酸っぱい想い出の味がする。

だけど最後まで夢が続く時は、「私は生きていていいのか」という想いと同時に目が覚める。

悪夢だ。

初恋と言っていいのだと思う。

真司が立ったまま答えた。

「許せなかったからだよ」

それだけで胸が詰まる。さまざまな想いが蘇ってくる。

真司が静かに続けた。

「親父《おやじ》が殺された現場──、あの公園には、花がたくさん供えられてただろ」

布団の上に半身を起こした。辛うじて肯く。

「……うん」

「あの花、どうなるかわかるか？　花はやがて枯れるんだ。枯れて腐って悪臭を出す。すると、近所の住民から苦情が来るんだ。その苦情を受けて、花を片付けるのは誰だと思う？」

「…………」

「おれたち遺族だ。親父の花は、お袋とおれで掃除した。花びらがアスファルトにこびりついて、ブラシで何度擦っても取れないんだ。おれたちが……、親父の死んだ場所で、どんな思いで腐った花を掃除していたと思う。死ぬほど惨めだった。ぜんぶ、あの人殺しのせいだ」

「…………」

「あいつは刑務所を出て、今は普通に暮らしているそうだ。これが現実なんだよ、阿川」

真司の言葉は胸に突き刺さった。佳代は辛うじて答える。

「……人間だから、誰だって罪を犯してしまう……。私はそれを止めたくて……」

「工藤はまた人を殺したぞ。阿川、人殺しは人間じゃないんだ。さんざん遺族を苦しめて、さらにまた大勢の人を苦しめているんだ」

「工藤さんは……、きっと追い詰められていたんだと思う。出所して、自分では精一杯頑張っているつもりなのに、まわりからは前科者としか見てもらえなくて……。それできっと、どんどん追い詰められて……」

「追い詰められると人を殺すのか？」

「工藤さんはきっとやってない。工藤さんはもう、人を殺したりしないはず」

「証拠があるんだよ。工藤はやったんだ。二人の人間を殺したんだよ！　そんなやつが人間か？　人間と言えるのか？」

「工藤さんは……」

布団を抱いて泣く事しかできなかった。惨めだ。ものすごく惨めだ。ボロボロでゴミみたいだ。ゴミみたいにちっぽけだ。

だけど……、

他のすべてがぐらついているけど、これだけは言えた。

これは保護司としての佳代の矜持《きょうじ》。

工藤誠を信じてやれるのは、もう私しかいないのだ。

5

三日かかったけど、佳代は動き出した。

工場が長い登り坂の上にあるのが恨めしい。足が鉛みたいに重いけどふんばってペダルを踏む。

ひと漕《こ》ぎごとに雑念を振り払うようにして前に進んだ。

汗を振《ふ》り撒《ま》きながら佳代は思う。

——工藤さんのことをもっと知らなきゃいけない。

真司と対面した時、信念を貫けなかった自分が許せなかった。工藤のことを何も知らないと思った自分に腹が立った。

もう遅いと言われても否定できない。でも、できることをしたくなった。今からでも知ろうと思ったのだ。

だから佳代は聞き込みにきた。七年前、工藤誠が事件を起こした製パン工場にだ。保護司にそんな権限は与えられていないと言われればそれも否定できない。だけど、他に誰がやってくれると言うのだ。警察は工藤誠を犯人だと決めつけている。まわりの人たちも、工藤には前科があるから、「やっぱり」って思っている。保護司しかいないじゃないか。工藤誠の「やっていないかもしれない」を信じられるのは、私だけじゃないか。

製パン工場の工場長に事情を話して、事件当時現場にいた従業員のひとりを呼んでもらった。

喫煙所で彼は言っていた。

「まあねえ……。工藤がやったことはとんでもないけど、まあ、気持ちはさ、ちょっとわかるっていうかさ……。ずっと一人でずいぶんいじめられてたからさ。事件の時は、あいつ、お袋さんのことを馬鹿にされて、なんかブルブル震え出したんだ。でも、震えが治まったと思ったらすっと真顔になってさ、あっという間に先輩のこと刺しちゃった」

煙草《タバコ》の煙を吹き出した。

「正直、あれは先輩が悪いと思ったよ。けどさ、先輩死んじゃったからさ。死んじゃったから、殺した方が悪いってことになるよね、そりゃあさ」

「…………」

「工藤さ……、真顔で先輩を刺したのに、倒れた先輩の血が床にばあーって広がっていくのを見てさ、急に『わあー』って叫んで飛び出して行こうとしたんだよね。なんかもう、めちゃくちゃに叫んでたよ」

「工藤さん……、何を叫んでいたんですか」

「確か……、『母さんごめん。守れなくてごめん』とか、そんなんだったんじゃないかなぁ。警察が来るまで抑えとくの大変だったんだから。みんなで工藤のこと羽交い絞めにしてさ、それで包丁叩き落としてさ。おれがあいつの包丁叩き落したんだ。それで警察の人に、『これが凶器です』って包丁を渡してさ、それでおれ言ったんだよ。『工藤が暴れたけどみんなで取り押さえたんです』って。そしたら警察が言うわけさ」

佳代は頭を下げた。もう聞きたくない。

「ありがとうございました」

＊

真司と鈴木刑事は区役所福祉課の会議室にいた。

「偽善者に天罰が下った。田辺やすこは聖人などではない。仮面をかぶった悪魔だ」

下丸子東郵便局の防犯カメラに、怪文書の投函者が映っていた。手紙を投函したのが、田辺やすこと同じ区役所福祉課の職員だったから特定は容易だった。

会議室の長机で、今、対面にいるのが手紙を出した森山聡美《もりやまさとみ》だ。

鈴木刑事が口火を切った。

「あんた……、なんで捜査本部にこんな手紙を出したんだ？」

森山は、白髪まじりの頭を俯けて、自分の膝を見るようにして細い声で答えた。

「……あの人は、……田辺やすこは、みんなから『聖人みたいだ』って言われ続けてきたけど、本当はそんな人間じゃないの。それなのに、聖人扱いのまま死んでいくのが許せなくて……」

真司は鞄《かばん》から数枚の書類を取り出した。二十五年前の新聞のコピーだ。該当する記事が太い赤ペンで囲まれている。

ある日、返却に立ち寄った図書室で、ついに真司を見つけてしまった。佳代は咄嗟《とっさ》に本棚の陰に隠れた。顔を見られたくなかったのだ。きっと彼だって、私の顔なんか見たくないだろうと強く思った。

真司は、いつか佳代と出会った場所、中原中也の本の前に立っていた。指を伸ばして本を引き抜き、何ページか読んだみたいだった。

ポツ、ポツと、透明な滴が本に落ちていた。

彼は制服の袖で顔を拭った。ポケットに手を突っ込んで鉛筆を取り出し、左手の上の文庫本に、鉛筆の先をぐいと押し付けた。

そして何かを書き始めた。ぐい、ぐいとまるで引き裂くようにして書いていた。

書き終えた彼は、文庫本を棚に戻し、佳代には気づくことなく去って行った。

彼の姿が完全に消えてから、佳代はふらふらと棚の前に立った。

本を手に取った。まだ彼の体温が残っているような気がした。

皺のよった本を、怯《おび》えながら開いてみた。

なぜ、お前は生きている。

彼の想いがそこに詰まっていた。

佳代に向けられたものじゃないと頭ではわかっていた。お父さんを刺した犯人に向けた言葉なんだと理解はしていた。

だけど、あの時の佳代にはそうは聞こえなかった。

真司くんのお父さんは死んだのに、なぜ私は生きているのか。

そして同時にこうも思った。

罪を犯した人間は、もう、生きていてはいけないのだろうか。

答えはまだ出ない。

目を覚ましたら、田村さんはいなくなっていた。いつの間にか、体に毛布がかけられていた。

ちゃぶ台の上に書置きがあった。

――ちょっと元気のなかった阿川先生へ。風邪などひきませんように。

佳代はその書置きに手を触れて呟いた。

「ありがとう……」

あたたかいな。

救われる。

＊

捜査を進めるほど、工藤誠の犯行であることが確実になっていく。

七年前の事件で、工藤誠は、自分を疎外する人間を殺意を持って取り除いた。それで学習したのだ。「殺す」という選択肢があることを。自分を不幸にした人間たちに、「殺す」という手段で復讐ができることを。

だから、自分と母親を助けてくれなかった、福祉課の田辺やすこを殺害した。

自分や弟を薬漬けにした、施設の職員、浅井健太郎を殺した。

そして、それらの復讐を成し遂げるため、武器として警官から銃を奪った。

その警官が、なぜ金田巡査部長だったのか。

今日はそれを確かめにきた。

「今日はちゃんと話してもらいますよ」

ベッド上の金田に写真を突きつけた。二十五年前の新聞記事から切り抜いたものだ。殺された遠山幸恵と、幸恵を殺した遠山史雄《ふみお》が映った写真だ。

「二十五年前に殺された遠山幸恵さんです。当時、遠山さんは、区役所を訪れる前に、交番に出向いて警察官に助けを求めた。役所の記録にそう残っています。交番の巡査に相談したが、取り合ってもらえなかった、とも」

金田は口を開こうとしなかった。これも予想内の反応だ。だから今日は逃げられないよう、外堀を埋めてきた。

鈴木刑事が金田のベッドにドンと手をついた。

「もうネタは上がってんだよ。お前、人望ねえなぁ。お前の後輩がぜんぶ吐いたぞ。二十五年前、署に申し送るべき書類を、お前が握りつぶしたってな」

それでも金田は無反応だった。何も喋らず、以前と同じように床頭台の上のスマホに手を伸ばそうとする。

死んだような目で。

汚物にしか見えなかった。とんでもなく汚い、あってはならないものに感じた。衝動的に、真司は手の中のボールペンで金田の腹を突いた。治り切っていない傷の部分だ。鈴木刑事がそれを見て、あえて視線を逸らした。

真司は力を弛めずに聞く。

「話すか？」

だろう。居場所が割れた。これでいつでも襲える。

実が目を剝いてあいつを凝視していた。

「見て兄ちゃん。生きてるよあいつ。母さん殺したのに生きてる」

まだペコペコ頭を下げている。先頭車両の運転手に怒鳴られて体を縮めている。

「あんな……、小さかったのか」

誠は呟いた。

二十五年ぶりに口にした。

「お義父《とう》さん」

前科者

第三章　更生

1

来るまで待つつもりだった。何時間経っても、たとえこのラーメン屋の営業時間が終わったとしても、この店の前に立っていようと思っていた。

佳代は腕時計を見る。工藤から電話を受けたのが八時。今は十時だ。前の路上を酔客が歩いている。店内も結構な数のお客が入っているようだった。いろいろな人がお店に入っていく。大学生風の若い三人グループ。二次会を終えて帰宅前に寄ったという感じのスーツ姿の酔っ払い。なんだか不釣り合いな、中年の男性と二十代くらいの女性のペア。みんな店に入ってはラーメンを食べて、また町の中に帰っていく。向かう場所や迎えてくれる家があるからだ。

工藤誠にはそれがなかった。

悩みを打ち明ける相手もいなかった。一人でずっと苦しみ続けてきた。耐えて、耐えて、ある日耐え切れなくなって、その途端に犯罪者になった。その一度の過ちが人生にこびり付いて、工藤誠は、その先の人生を、あらゆる人から色眼鏡で見られるようになった。

佳代は思う。どれだけ生きづらかったことだろうかと。

保護司の活動を続けていると、時折言われることがある。

「どこまで行っても、前科者の気持ちはあんたにはわからないよ」

でも佳代は、同じ体験をしなければ、互いに理解できないなんてことはないと思っている。

人は、互いを理解するために言葉を用いて話をする。

理解できないなら時間をかければいい。何度だって会えばいい。

そのために、人と人は、一緒の時間を過ごすのだ。

また酔っ払いが三人、佳代の脇を抜けて店に入って行った。大きな声で話している。

店の前に立つ佳代には声だけが聞こえた。

「うわー。満員じゃん。待つ？」

「えー。いますぐ食いてえよ」

「お。そこのカウンターのおっさん食い終わってるじゃん」

「あ、マジ？　ねえおじさん。もう帰るでしょ？　そこ座っていい？」

相手の応じる声は聞こえてこなかった。でも、店内がざわつくのがここまで伝わってきた。

「だから食い終わってんだろって言ってんだよ！　営業妨害はそのおっさんの方でし

ょうが。だって食い終わってんのに席を占領してんだからさ！」

　椅子を立つ音がいくつか聞こえてきて、佳代は慌てて店の扉を開いた。止めようと思ったのだ。その途端に、さっき店に入って行った酔っ払い三人のうちの一人が、帽子をかぶった中年の男に腕をねじられた形で、店の外に突き出された。

「痛ってえな何すんだおっさん！」

「うるせえ。公務執行妨害だっつってんだろ」

　中年の男と目が合った。途端に佳代は叫んでいた。

「なぜあなたがここにいるんです！」

　中年の男は、真司とともにいた鈴木という刑事だった。工藤との待ち合わせ場所に刑事が来ていた。どうやったのかわからないが、佳代と工藤の話を聞いていたのだ。それで工藤を捕まえるため、ここに来て待ち伏せしていたのだ。

　ふつふつと怒りが湧いてきた。鈴木刑事を睨みつける。

「私を尾行してたんですか」

　鈴木刑事が帽子を取って、「ふう」と息を吐き出した。背後にも何人かいるようだった。みんな警察官なのだろう。きっと近くに真司くんもいるはずだ。鈴木刑事が背後の警官たちを手で制した。ゆっくりと話し出す。

「悪いとは思ったが、あんたの勤めるコンビニに数か所、集音装置を仕掛けさせてもらったんだよ。店長の了承は得ている」

「……………」

「仕方ねえだろ。あんたの保護対象の元殺人犯がまた人殺しをはじめてるんだ。店長さんだって協力するよりねえだろ。責めないでやってくれや」

店長を責めているわけじゃない。あなたたちのやり方が気に入らないのだ。

「警察なら何をやってもいいんですか！」

今度は背中側から声が聞こえた。

「殺人犯を捕まえるためだ！」

真司だった。騒ぎを聞きつけて車から降りてきたようだ。佳代の肩に手を乗せて言う。

「本当はこんな騒ぎは起こしたくなかったんだ。もし工藤が来ていたら警察が張り込んでいることが工藤にばれてしまう」

佳代は真司の手を振りほどいた。その勢いのまま叫んだ。

「工藤さん！　もし近くにいるなら来ないでください！　いますぐ逃げてください！」

「阿川！」

真司に口をふさがれた。佳代はもがく。鈴木刑事が呆れたように肩をすくめてみせた。まわりの警察官らしき数名に言っている。

「撤収だ撤収。ダメだこりゃ。滝本もほれ。帰るぞ」

真司の腕が解かれた。佳代は肩で息をする。また涙が湧いてきた。悔しい。自分の無力さが悔しくてしかたがない。

唇を嚙んだまま、佳代は店に向かって歩き出した。頰には涙が伝っている。

真司に言われた。

「どこ行くんだ。この騒ぎだ。もう工藤は来ないぞ」

佳代は言い返した。

「悔しいから、ラーメンを食べて帰ります」

真司が少しだけ笑った。佳代の後に続く。

「おれも、腹が減ったな」

＊

カウンター席に並んでラーメンを待った。

工藤が言っていた通り、とても小さなラーメン屋だった。十人も入れば満員だ。でも、なんだか奇妙な居心地のよさがあった。真司が水を二つ、持ってきてくれた。無言でそれを受け取って、しばらくは無言のまま、割りばしの詰まった箸入れを見ていた。

真司が先に口を開いた。

「なぜ……、阿川はそこまで工藤にこだわるんだ」

佳代はそれには答えなかった。店内をもう一度見回してから言った。

「……刑期が満了したら、ここで、工藤さんとお祝いする約束だったの」

でもそれはもう叶わないだろう。工藤が再び人を殺したとは思わない。だけど、こうして警察が動き出している。保護観察官にだってもちろん工藤の置かれている状況は伝わっている。仮釈放はすでに取り消された。工藤誠は、新たな罪を犯しているいないに関わらず、見つかり次第逮捕されるのだ。再び刑務所に収監されることがすでに決まっている。

もう、ここで一緒にラーメンを食べることはできないのだ。

二つのラーメンが届いた。二つの器から立ち昇る湯気は一つになって天井に昇って行く。ラーメンの湯気は一つになれるのに、人と人はなかなか一つになれない。

佳代は、前科者の更生に寄り添いたいだけ。

真司は、犯罪者を捕まえて治安を守りたいだけ。

それだけなのに、なぜこんなにも、わかり合えないのだろう。

佳代は言った。

「工藤さんのこと……。わかっていることを教えて。工藤さんは本当に、また人を殺したの……？」

真司が箸を割った。ラーメンに箸を浸しながら短く言う。

「捜査情報は漏らせない」

「逮捕に協力するから」

真司の目の色が変わった。麺を掬った姿勢のままじっと佳代を見ている。

「……工藤がやったことだと、認めるってことか」

佳代も真司をじっと見た。そうではない。それを確かめるために知りたいのだ。

「ちがう。工藤さんは仮釈放を取り消されているから、見つかれば逮捕されるのはしかたないもの」

「………」

「彼の更生に寄り添うって約束したの。でも今、私は落ちてる。ぜんぜん自分を信頼できなくなってる。保護司なんて、本当は何の意味もないんじゃないかって疑い始めてる。本当に、クソみたいな気分なの」

「…………」

「でも……、工藤さんはこんな私に、『阿川さんが保護司でよかった』って言ってくれた。その言葉が私の拠《よ》り所なの。だから知りたいの。本当の工藤さんを」

真司くんが麺を啜った。佳代に言う。

「……伸びちまうぞ。話なら、食いながらでいいだろ」

佳代も麺を口に運んだ。少しだけ酸味のあるスープに少しむせた。

「三人の被害者は――、全員が工藤誠の過去に関わっていたんだ。最初に襲われた金田って警官は、二十五年前、工藤の母親から夫の虐待について相談を受けていた。だが金田は、それを無視した」

「…………」

「二人目の被害者は、工藤の母親が夫から逃れようと転居を相談した福祉課の職員だった。だが、その職員の伝達ミスで、転居先の住所が夫に知られてしまった。結果、工藤の母親はその夫に殺された」

身上調査書で知っていた。工藤誠とその弟の実、幼い二人の目の前で、義父の遠山史雄は、母の幸恵さんを刺し殺したのだ。

そして製パン工場の社員は言っていた。事件の時工藤さんは、「母さんごめん。守れなくてごめん」と叫んでいたと。

喉がひくひくしてなかなかラーメンが落ちて行かない。

「……三人目の被害者は……？　その人は工藤さんに何をしたの？」

真司は淡々と話す。

「三人目は、浅井っていう、工藤兄弟が入っていた児童養護施設の職員だ。二人はそこで、管理のためと言われてずいぶんと薬を飲まされていたらしい。暴力も振るわれていた。主にその、浅井って職員によってだ」

「四人目は……？」

真司がこちらを向いた。器の上に箸を置く。

「聞くなよ。聞かなくてもわかるだろ。工藤がもっとも憎む男だよ」

真司がポケットからむき出しの千円札を出してそれをカウンターに置いた。立ち上がりながら佳代に言う。

「いまわかっているのはここまでだ。あとはおれたちに任せろ」

佳代の器には、まだたくさんの麺が残っていた。真司が姿を消してから、伸びきった麺を佳代は必死で啜った。涙の味ばっかりする。しゃくり上げているから息がしづらくてなかなか飲み込めなかった。

でも全力で食べた。何か大きなものに抗《あらが》っている気分だった。

負けたくなかった。

工藤さんの過去。

それを運命だなんていう奴がいたら、私はそいつを殴るだろう。

悲劇がまた悲劇を生む。

クソが。神様め。クソが。

そんな悲しいことが、あってたまるか。

2

そろそろ佳代ちゃんの仕事が終わる時間だと思って、みどりは直接コンビニに行ってみた。

佳代ちゃんは何だか疲れているようだった。ちょっと無理して笑っていた。

「もうすぐあがりですから、少しだけ待っていてください」って。

夜のこの時間のコンビニは人が少ないからいい。商品入荷のトラックとかが少し邪魔くさいけど。

コンビニの前で駐車場を眺めながら、二人でコーヒーを飲んだ。

佳代はみどりの隣でコーヒーを両手に包んでいる。みどりはコーヒーを片手に店の壁に寄りかかっている。

佳代はポツポツと時間をかけて、いま抱えている工藤という前科者に関わる一連の出来事を話してくれた。保護期間の最後の面接をそいつがすっぽかしたことまでは聞いていた。だけどその後、工藤という前科者に関わる状況は想定外の展開を見せていた。

「私のところに警察がやってきました。工藤さんの居場所を知らないかって」

佳代が手の中のコーヒーに目を落としている。その頬が乾いている。

みどりは心の中で息をついた。たまんねえな、と思う。

殺人で刑務所に入って仮釈放で出てきた奴が、その仮釈放の期間中に連続殺人の容疑者になるとか一ミリも笑えない。まるでセンスのないジョークだ。みんなドン引きする話だ。

佳代を見た。

その状況を、こんな弱っちい佳代ちゃんがひとりで抱え込んでいるんだ。

手のひらをコーヒーで温めながら、佳代がポツリと言った。

「結局……、私は何もわかってなかったみたいです」

口の中のコーヒーを飲み込んでからみどりは尋ね返した。「……なにが？」

「……工藤さんのことです。私――、警察が来て、工藤さんが殺人の容疑者なんだって聞かされた時、どんなに状況証拠を突きつけられても、工藤さんはそんなことしない、何かの間違いだって言い張りました。でも……、それってずるいんじゃないかって思ってしまって……。だって、客観的に見たら工藤さんは犯人なんです。人を殺しているんです。でも私はそれを認めたくない。何があっても工藤さんを信じていたいと思っている」

「……………」

「最初は、保護司なんだから当然だって思っていました。だけどだんだん……、それってただの、私の我儘《わがまま》なんじゃないかって思えてきて……。『あの人はそんなことしない』って思いこんで他の人の話を聞かないのって、本当はすごく不遜なんじゃないかって考えてしまって」

あいかわらず堅物で真面目だなぁ、と思う。

佳代ちゃんらしい。

さらりと言ってやった。

「いいんじゃねえの？　我儘でさ」

佳代がきょとんとしている。

「佳代ちゃんはさ――、『信じたい』だけで、牧師とか愛に溢れたおばちゃんみたいに『疑わない』じゃないんだ。だからいいんだよ」

「？」

「人間っぽいじゃん。動機が『私が信じたい』っていう我儘なんだから。愛に溢れたおばちゃんはさ、なんか世俗を超越してて怖いだろ。目とか」

佳代が少しだけ笑った。

「少し……、わかる気がします」

「だろ？」

みどりは思う。あたしは人に疲れて結構早めに信じるのをやめてしまったから、だから、佳代ちゃんを見ていたいと思うのかもしれないな、と。

「みどりさんに話せてよかったです」

「へへ。ちょっとは元気出たか？」

「出ました。なんだかお腹まで空いてきました」

「お。じゃあ久々に例のファミレス行くか？　なんかフェアやってたぞフェア。かにドリア七百円！」

砂浜を打つ波の音と一緒に歩き出した。

波の合間にいろいろ話しながら、二人並んで海沿いの道を行く。

「私……、対象者を支えるだなんて偉そうなことを言って……。でも私、結局なんにもできないんだって今回のことで思い知りました。工藤さんだけじゃないです。この間なんて、田村さんにまで心配をかけてしまって……。私が支えるんじゃなく、田村さんに支えてもらっちゃった……」

佳代は足をぶらぶらさせながら歩いている。みどりも歩みを弛めた。

同じ速度で歩く。

「ふーん。田村って元詐欺師のおっちゃんだっけ？」

「そうです。私、お酒に酔ってしまって、田村さんにすごく弱音を吐いちゃったんです。私なんて保護司の資格がない。こんな弱い人間が、他の人を支えることなんてできるはずがないって……。それで朝目を覚ましたら、私に毛布がかけられていて、私を心配する書置きが残されてて……」

なんだか少し笑えた。ああ、ここに佳代ちゃんがいるなって思えたからだと思う。

「いいじゃん別に」

「え……？」

「だってそれが佳代ちゃんなんだしさ。その田村っておっさんも、弱っちい佳代ちゃんを見て安心して帰ったんじゃねえかな」

「そうでしょうか……」

「田村のおっちゃん。きっと、佳代ちゃんに毛布をかけてやってるとき、幸せだったと思うぜ」

「…………」

「そういうもんなんだよ。大仰なモンなんていらないんだ。何万円もするステーキを食ったって、一泊十万円のスイートルームに泊まったって自分が楽しくなきゃ意味ないだろ？　あたしなら、佳代ちゃんと飯食って、佳代ちゃんに毛布をかけてやる方を選ぶ。そっちに幸せって名付ける」

　バッと道の向こうを指差した。

「だからこれから向かうファミレスは桃源郷！　一杯百円のワインは醍醐《だいご》の味！　行くぞ佳代ちゃん！」

みどりの一歩後ろで佳代が立ち止まった。不思議に思って振り返ったら、佳代がみどりを見つめていた。

目に光が戻っている。

「みどりさん。私、やってみます。ジタバタしてみようと思います」

みどりは思う。佳代ちゃんが帰ってきた。

「私――、二十五年前の事件で工藤さんの義父を弁護した弁護士さんを探します。それで会いに行って話を聞いて、工藤さんの義父の連絡先を聞き出してみます。そうすればもっと工藤さんのことを知れる。できることは何でもしてみようと思います」

みどりは笑いながらまた歩き出した。これでいい。

「佳代ちゃんってホントあれだよな。弱いくせに無駄にアクティブだよな」

「そうですか？」

「昔の横スクロールゲームの主人公みたいだよな。すごいダッシュとかするのに、穴とか落ちたら即死ぬやつ」

「ひどいですよそれは」

一緒に笑った。みどりは夜の空を見る。

海沿いの空はいい。なんにも無いのがいい。空だけ見えるのがいい。

窓から海の見えるいつものファミレスで、佳代とご飯を食べた。

みどりは少しだけ酔っている。

「さっきの佳代ちゃんの話聞いてさ、思い出したんだ。昔のこと……」

いつもはそんなことないのに、不思議と語りたくなった。佳代に聞いてほしかったのかもしれない。

佳代も少しだけ頬を染めていた。

「……はい」

「あたし……、いろんなことにムカついて反発してきたからさぁ……。そのせいでムカつく奴ボコボコにぶん殴って前科まで付いちゃったけど、なんでこんなあたしになったのかなーってこないだ考えてみたんだよ。そしたらさ……、やっぱり幼少期のあたしのせいなんじゃねえかって思ったんだよね」

佳代が悲しそうな顔をしている。

「……それはみどりさんのせいじゃないです。みどりさんのお母さんが……」

「あーうん。それも含めて思ったんだよ。あいつさ、あたしが子どもの頃、男漁《あさ》りに出かけるたびに五百円玉一枚くれたんだ。それで飯食えってさ。でもさ、一日や二日ならまだしも、一週間帰ってこないなんてのもザラでさ。笑っちゃうだろ？　一日七十円でどうやって飯食えっていうんだっての。腹減ってさぁ……。腹減りすぎて部屋でうずくまってるとさ、借金取りが来るんだ。ドアとかガンガン叩かれてさ。もう、怖さ鬼マックスだったな」

「………」

「その頃はさ、自分は世界一かわいそうな人間なんだって思ってた。でもさ……、刑務所行ったら、みんなあたしとおんなじなんだもん。同じような経験してる奴いっぱいいてさ……」

みんなみどりと同じように、自分の過去をあっけらかんと話していた。不幸に慣れ切っていた。

「そんでもって、そういう人間が刑期を終えて出て行く先の社会にはさ、真っ当に生きてきた、強くて自分の生き方に誇りをもってる奴らばっかりわんさかいるんだ。あたしを捕まえたお巡りも、国選の弁護人も、裁判官も刑務官もさ、みんなあたしに言うんだよ。世間の代表みたいな顔してさ、『今日から生まれ変わってまともになれ』ってさ」

二十三でひさしぶりに社会に出て、社会の残酷さとクソさを思い知った。

「まともって何だよって思ったね。まともって、要するにあんたたちみたいな人間になれってことだろって思った。だけどさ、あいつらあたしたちを仲間に入れてくんねえじゃん。お前らは前科者だ、失敗した人間だってあたしたちをハブるじゃん。なのにまともになれっておかしくねえ？　だったらまともになれるように、あたしたちにも手段を与えろって言うんだ。自分たちでハブっておいて、努力して這い上がって来いってマジ頭いかれてるのかと思ったよ」

毎日腹を立てていた。

「そりゃあさ、中には善意であたしたちを支えようとした奴らもいたよ。それは否定しない。だけどさ、あいつらは寄り添うんじゃなく支えようとしたんだ。立派な自分たちが支えてやるから、お前たち弱者は寄りかかって来いっていう支援の仕方をしようとした。だからムカついたんだ。腹立つだろそんなの。そもそも立ってる場所がちがうんだから。遥《はる》か上から、蜘蛛《くも》の糸のお釈迦《しゃか》様みたいに、あたしたち亡者の上に気まぐれで糸を垂らしてるんだから」

あらゆる物が憎かったんだと思う。

「あいつらにとって、あたしたち前科者の努力は、蜘蛛の糸を這い上がる努力なんだ。頑張って頑張って、どうにかして自分たちの居る場所まで這い上がって来いって。そしたら仲間として認めてやるからって。そういうスタンスであたしたちを見てるんだ。それが許せなかった」

　佳代を見た。

「でも佳代ちゃんは違う」

　佳代がみどりを見ている。

「佳代ちゃんはさ、確かに弱いよ。鰯《いわし》って書いて佳代って読ませるんじゃないかってくらいよわよわだよ。でもだからいいんだ。佳代ちゃんの弱さは武器なんだから。ダメダメだから安心できるんだ。――佳代ちゃんはさ、あたしたち前科者を支えてるんじゃない。寄り添ってくれるからいいんだ。前科者に必要なのはさ、保護司じゃなくて、佳代ちゃんみたいな人間なんだってあたしは思うんだ」

　語り終えてひと息ついた。中身が半分になったワイングラスを揺らす。「ってあたしは思うわけだけど、どう？」

　佳代が目を潤ませてみどりを見ていた。少しだけ照れてみどりはニニッと笑う。

「なんだよその目。もしかして惚《ほ》れちゃったか？」

　佳代ちゃんが目元をぬぐってから、やっと笑ってくれた。

「本当に、惚れそうですよ」

3

宮口《みやぐち》エマの個人事務所は、想像していたよりずいぶんこぢんまりとしていた。

受付の女性にいきなり言った。

「保護司の阿川佳代と言います。宮口エマ弁護士にお話を伺いたくてやってきました」

アポなしだったから当然迷惑がられた。アポイントの電話を入れてしまうと、そこで断られてしまう虞《おそれ》があったからだ。だから、迷惑は承知でいきなりやってきた。

「十分だけですよ。次からは必ずアポをとってもらいますからね」

受付の女性にチクチク言われたけど、なんとか面会を取りつけることができた。宮口エマは、二十五年前、殺人罪で起訴された遠山史雄の弁護を担当した弁護士だ。当時の裁判記録を読んだ。宮口弁護士は、遠山史雄による殺人は、酒酔いで心神耗弱《こうじゃく》の状態におけるものだと主張していた。

彼女の描いたストーリーはこうだった。

事件当日、当時無職であった遠山史雄は、昼前から連続飲酒を続けていた。夕刻近く、完全な酩酊《めいてい》状態にあった遠山史雄の元に、区の児童手当課より、電話にて以下のような連絡が入った。「あなたの妻の遠山幸恵が先日転居届を出しているが、児童手当の振込通知書は新しい住所への送付で構わないか。念のため住所を確認させていただきたい」と。

移転先を知らされておらず、二人の子どもを奪われたと感じていた遠山史雄は、無目的に自室を出、妻の幸恵の移転先に急行。室内に踏み込んで、義子である誠、実の両名を視認するに及んで激昂《げっこう》し、同室の台所にあった包丁をもって妻の幸恵を衝動的に刺殺するに及んだ、と。

実際は違う。工藤さんの話から作られた身上調査書には、遠山史雄は酒に酔ってはいたが前後不覚になるような状態ではなく、明確な殺意を持って幸恵さんを刺したのだと書かれていた。二人の子どもの目の前で幸恵さんを刺殺したのは、自身の嗜虐《しぎゃく》性によるものだと。

ぜんぜん違う。必要以上に酒酔いを強調したのは、酒による異常酩酊を匂わせれば、うまくすれば限定責任能力を主張できるからだ。何度も衝動的な行為であることを謳《うた》っているのは、計画性を否定して裁判官の心証を少しでもよいものにするためだ。

そうなれば遠山史雄の罪はいくらか軽くなる。たとえ事実と異なっても、主張するだけ主張した方が得だからだ。

そう思っていたから、宮口弁護士に面会するのは敵前に立つ気持ちだった。個室に案内され、デスクの向こうにいる五十歳ほどに見える女性に気負い込んで声をかけた。

「阿川です。突然申し訳ありません」

宮口弁護士は、すごく鋭い目をしていた。

「用件は？　あまり時間がないので手短に」

佳代の声は張りつめていたと思う。

「私は、先生が弁護した遠山史雄さんの息子の、工藤誠さんの保護司をしています。いま工藤さんは、連続殺人の容疑者として警察に追われています」

宮口弁護士はまるで動じなかった。

「ええ知っています。三日前に警察が、遠山史雄さんの現在の所在を訊ねてきたから。もう遠山史雄さんの家には警察が張り込んでいるはずよ」

ひどく冷たい印象を受けた。血の通っていない言葉のように聞こえた。

「あの……、遠山史雄さんに会うことはできますか？」

「あなたが？　なんで？」

「工藤誠さんの更生のためです。工藤さんのために、遠山さんから話を聞きたいんです」

宮口弁護士が口の中で呟いた。「更生……。更生ね」

そのままスマートフォンを取り出して電話をかけ始めた。佳代はそれを見守る。

相手が電話に出たようだ。

「……宮口です。遠山さん、今度はあなたの息子の保護司を名乗る女性が現れました。お会いになりますか？」

二言、三言、応答があったようだ。通話を終えて、メモ用紙に走り書きすると、宮口弁護士は端的に佳代に伝えた。

「この住所に、夜八時過ぎに訪ねて行って。以上で面会は終わり」

佳代はそれを受け取って頭を下げた。ドアを出る前に、もう一度だけ振り返った。

宮口弁護士に言う。

「あの……。どうして協力してくれたんですか」

宮口弁護士が怪訝《けげん》そうに答えた。

「協力してほしかったんじゃないの？」

「いえ……。私、きっと言い合いになるだろうって思っていたので」

短く言われた。

「だってあなた、更生のためだって言ったでしょ。だからよ。それだけ」

「……え？」

「もういいかしら。本当に時間がないの」

「あの……、もう一つだけ、聞かせてください」

「なに？」

「なぜ、遠山史雄さんの弁護を引き受けたんですか」

宮口弁護士が書類から顔を上げた。佳代をまっすぐに見る。

「あなたと同じなんじゃないかしら」

面食らった。「え……？」

「虐待するような人間も、適切な治療を施せば治る可能性がある。事実、遠山さんは出所してから再犯はしていない。五年間、欠かすことなく受け続けたカウンセリングと通院の結果だと私は信じている。そういう意味で、私も依頼人の更生を助けているつもりなの」

胸に刺さった。

「加害者がどんなに残酷な人間でも、更生という点で線引きがあってはならないと私は考える。だから私は弁護した。あなたと同じ。それだけ。質問は以上でいいかしら」

もう一度頭を下げてからドアを閉じた。

佳代がなりふり構わずに対象者と寄り添おうとするのと同じだ。あの人も矜持と信念を持って、依頼者の尊厳を守ろうとしているんだ。

自身を恥じた。明らかな悪人を弁護する弁護士を、心のどこかで蔑んでいた。

佳代は唇を嚙んで自身に言い聞かせる。

忘れるな。

加害者も、被害者も人間だ。

同じ人間なんだ。

4

ここで張り込みを始めてから二晩が経った。汁の残ったカップラーメンと鮭《さけ》の皮だけ残ったコンビニ弁当の残骸がテーブルの上で領地を奪い合っている。鈴木刑事があくびした。他にも二人いる。四人で詰めて、半日ごとに交代して監視に当たっている。

二階にあるこの部屋の窓からは、眼下に遠山史雄のアパートの部屋が見える。一〇二号室だ。

さっき、十九時を回った辺りで作業着姿の史雄がアパートに帰ってきたのを確認した。それから史雄は出てきていない。昨日も同じだった。築三十年は経過しているだろう木造のアパートの、動きのない赤茶色のドアを一晩中見つめ続けるのだ。

何のために?

やってくるであろう工藤誠を捕えるためだ。

警察車両も配備している。不審な人物をいち早く感知するために、アパートにつながる路地の各所に監視カメラも設置済みだ。真司が目視で監視を続ける傍らで、別の二名が監視カメラ映像の視認をずっと行っている。

午後八時を回った頃、モニタ係の刑事が急に声を上げた。部屋中が一気に緊張する。

「保護司の阿川佳代が現れました」

鈴木刑事が一番に反応した。額に手を置いて顔をくしゃっとさせる。

「なーんでここまで来るかなぁ……。工藤誠ってのはよっぽどの色男なのかね」

モニタ係の刑事が指示を仰いだ。

「止めさせますか?」

鈴木刑事が短く首を振った。「いや……。ここでおれたちが出て行ったら工藤の目に留まる可能性がある。駄目だな。しかたねえ。行かせろ」

「はい」

「しかし報告遅くねえか？　付近の監視、マジで大丈夫なんだろうな。全員、不審者、不審車両見逃すなよ。見逃したらぶん殴るからな」

真司は思う。やっぱり阿川はここに来るのだ、と。

何のために？

工藤誠を知り、罪を犯した人間を許すためだ。

＊

六十代の後半というところだろうか。史雄さんはずっと伏し目がちで、佳代を直視しようとしなかった。

六畳一間のアパートだ。何もない部屋だった。部屋の真ん中に小さなテーブルがあるだけだ。テーブルの上のコンビニ弁当の空き箱をシンクに運ぶと、史雄さんはペラペラの座布団を佳代に勧めてくれた。

佳代は正座のまま小さくお辞儀する。

「ありがとうございます。あの……、誠さんのこと、聞かせていただきたいんです」

史雄さんは、座布団の上であぐらをかき、あぐらに組んだ足をゆらり、ゆらりと揺らしていた。

少しずつ顎を上げて天井を向いた。

「あの子は……、手先の器用な子でしたわ。プラモデルなんかを作るときも……、そりゃあうまいもんで」

修理工場で自動車に向き合う工藤誠の姿が目に浮かんだ。佳代は言う。

「誠さん、自動車整備の仕事で、筋がいいって褒められていました。昔から……、そうだったんですね」

「……幸恵の最初の亭主……、死んだ、誠の実の父親が車好きだったらしいんです。その影響……、なんでしょうかね」

「史雄さんが幸恵さんと結婚して、一緒に暮らし始めた頃の誠さんは、どんなお子さんでしたか」

また天井を仰いだ。

「……大人しい……、いいや……、ちがうかな。今思えば互いに緊張していて、あんまり話はしなかったような気がします」

「史雄さんのことを、誠さんはどう呼んでいたんですか？」

「……おとうさん、です。でも……、私が幸恵を殴るようになってからは、呼んでくれなくなったなぁ……。いつも、実を抱えて台所の隅にうずくまって、ガタガタ震えてるのに目だけは光らせて、その目で私を、刺すみたいに睨みつけておりました。……憎かったんだろうなぁ」

「…………」

「私が幸恵を殴っている間、いつもそうして兄弟で抱き合いながら、じっと……、終わるのを待っていました。抵抗すると自分たちも殴られるって、……わかってたんだろうなぁ。もしくは、幸恵が言ったのかもしれませんね。反抗しちゃ駄目だとか、そういうことを」

「……なぜ？」

「それが一番、痛みの少ない方法だってわかってたんでしょうなあ。私はほら……、頭がおかしいから。加減が、できなかった」

「…………」

「いつも、私の暴力が終わるのをじっと待っておりました。だけど、一度だけ……、十歳くらいの時かなぁ……、誠が殴り掛かってきたことがありました」

「……どうして？」

史雄さんは無精ひげの浮いた口元を歪ませた。まるで泣いているような悲しい笑顔だった。

「実が学校で描いた『うちの家族』の絵に、私がおらんかったのですわ。その絵を見て私は怒りました。今思えば当然なんでしょうけど、当時の私にはそれが許せなかった。八つだった実の足を持ち上げて、幸恵がやめてやめて叫んでいる中で、力いっぱい実を放り投げました。——実は台所の戸棚にぶつかって、おでこが切れて、床が血で染まりました。その時ですわ。誠が『わーっ』と叫びながら私に体当たりしてきて……」

まるで凧揚げの話でもしているみたいに穏やかな口調だった。史雄さんは続けた。

「あの時の誠は——、なんだか鬼気迫っている感じでした。体なんか私の半分くらいしかないのに、それでも私に体当たりして……、嚙み付いて……。ずいぶん面食らいました」

遠い目をしていた。

「誠には——、あの子にはそういうところがありました。きっと——、私が弟を投げ飛ばしたのがどうしても許せなかったんでしょうな。自分が殴られるのは我慢できる。だけど弟をいじめる奴は許せない。そんなふうに思ったのとちがいますか。あの時だけです。あいつがあんなに怒ったのは」

「………」

話を聞いて佳代は思った。

工藤さんは守るために暴れた。

二十五年前は弟の実さんを。

そして七年前は、母の名誉を。

5

捜査本部に緊張が走ったのは、八時三十分を少し回った頃だった。

「車両一台、近づいてきます！　運転席に男一名！」

鈴木刑事が窓に駆け寄った。無線を摑む。

「被疑者確認まで待て。いいな、確認まで待つんだぞ」

真司も鈴木刑事の隣に移動した。窓から見える。白色の軽のバンだ。

工藤誠の使用している車だ。

鈴木刑事の無線が告げた。モニタ監視組からの報告だ。

〈運転席、工藤です。確認しました〉

鈴木刑事の声がさらに張りつめた。

「工藤誠、確認。いいか。捕捉態勢のまま待機だ。まだ動くんじゃねえぞ。被疑者が車から出た瞬間を押さえる」

真司は双眼鏡で車内の様子を窺《うかが》っていた。運転席にいるのは工藤誠だ。間違いない。だが、後部座席に何かがある。黒い大きな塊だ。その塊がモゾリと動いた。黒いフードの前が割れて顔が見える。誰だあれは。誠だけじゃない。

叫んだ。

「車内にもう一人います！」

鈴木刑事が叫び返した。「ああ⁉　もう一人ってどういうことだ！」

双眼鏡の中に見えた。黒い塊から白いものが伸びてきた。腕だ。その手に銃を握っている。

「車内のもう一名、拳銃を所持しています！」

「ああ、何だと⁉　銃を持ってるの、工藤誠じゃねえのか⁉」

「後部座席の男が車を降りようとしています！　鈴木さん、どうします⁉」

無線が指示を求めてくる。

〈二組、どうしますか?〉

〈一組三名、主任、どうしますか?〉

鈴木刑事の額に玉の汗が光っていた。鈴木刑事が無線に叫ぶ。

「確保だ！　もう一人も取り押さえろ！　車も止めろ！」

双眼鏡を放り出し、真司も駆け出した。工藤誠は単独犯ではなかったのか。単独犯でないなら、なぜ遠山史雄のもとにやってくる。あの黒い男は、なぜ遠山史雄を殺そうとする。

階段を駆け下りながら思った。

——工藤誠と同じ動機を持つ者。

気づいた。

もう一人いるじゃないか。

自分を殴りつけたくなった。目の前に工藤誠の乗る軽のバンが見えている。運転席にいる誠が見える。後部座席が開いて黒いフードの男が出てきた。誠が大きく口を開いた。

叫び声が聞こえた。

「実！　待ち伏せされてる！　逃げろ！」

あの男は工藤実だ。工藤誠の弟だ。

「ちくしょう！」

思わず叫んでいた。そういうことか。誠は実行犯ではないのだ。実行犯は、誠の弟である工藤実だ。誠は実の犯行を手助けしていただけ。人を殺してなどいなかったのだ。

鈴木刑事が吐き出すように言った。「なんてこった。本星《ホンボシ》は弟の実かよ」

無線に叫んだ。

「出てきたのは弟の工藤実だ！　一組！　対象車の後部を塞げ！　二組は前だ！　逃がすんじゃねえぞ！」

走りながら思う。兄弟である二人は同じ悲劇を経験してきた。常に二人は一緒にいた。金田とも田辺とも面識がある。二人とも、施設で浅井に薬を飲まされていた。

後部座席のドアを開け放したまま、工藤実が遠山のアパートに突進していく。運転席の誠がまた、「よせ！　実、逃げろ！」と叫んだ。その顔がこちらを向く。目が合った。

フロントガラスが揺れるほどの声で、工藤誠がうなり声を上げた。

「ううおおおお！」

そしてアクセルを踏んだ。タイヤが空回りして、それから車体が一気に前進をはじめる。

突っ込んでくるつもりなのだ。

鈴木刑事が悲鳴じみた声を上げた。

「滝本ぉお！　避けろぉお！」

真司は理解した。

工藤誠は、弟の実を守ろうとしているのだ。

弟を守るためにここに来た。いままでの誠の行動は、すべて弟のためだったのだ。

じゃあなぜ、このあまりにも容易な関連性を誰もが見落としたか。

真司は銃を構える。突っ込んでくる工藤誠に照準を合わせた。

なんてこった。真司は心の中で自分を、鈴木刑事を、捜査に当たった全捜査員を殴りつける。

誠が突っ込んでくる。すさまじい形相でまっすぐに真司を見据えて突っ込んでくる。

守るために。

「滝本ぉお！」

鈴木刑事の声と同時に、真司は引き金を引いた。直線上にある誠を目がけて弾丸が飛ぶ。フロントガラスが破れると同時に、運転席の誠の体がドンと持ち上がった。ガラスに空いた穴の向こうに工藤誠の左肩があった。左肩を射抜いたのに、工藤はまたハンドルを摑んだ。さらに目を見開いてさらにアクセルを踏み込む。

「うわあああああ！」

工藤の声が直接真司の鼓膜を震わせた。真司は横に転がって衝突を避けた。誠の車が真司の脇を通り抜けて行く。運転席の誠が一瞬だけ見えた。見開いた目が濡れて光っていた。血が出るくらいに唇を噛んでいた。そのまま誠は前方を塞ぐ警察車両に突っ込んだ。互いの車のフロントが、万力でつぶされたみたいに一瞬でひしゃげた。運転席の誠が白いエアバッグに押しつぶされるのが見えた。押しつぶされながらも叫び続けていた。

「実ぅ！　走れぇ！　逃げろぉ！」

地面に転がったまま真司は思った。

阿川の言う通りだ。

「まわりの人みんなが、工藤さんは永遠に人殺しだって思っているから」

その通りだった。おれたちの目は濁っていた。

あいつが犯人だと思い込んでいた。

工藤誠が、殺人の前科者だったからだ。

6

すさまじい音が聞こえて、佳代と史雄は同時に腰を浮かせた。

ドア脇の窓に駆け寄る。そこから見えた。

アパート前の路上で、正面衝突した二台の車から煙が上っていた。大勢の人間が走り回っていた。怒鳴り声もいくつも聞こえてきた。

「一組確保だ！　工藤誠を確保しろ！」

また聞こえた。

「滝本と二組はもう一人を追え！　遠山史雄の部屋に入れるな！」

佳代は身を固くした。事件が動いたのだ。隣で遠山史雄が息を呑むのがわかった。

「遠山さん、何かあったみたいです。玄関から離れましょう」

佳代はドアに鍵をかけ、史雄の腕を引いて部屋の奥に身を寄せた。史雄はドアからずっと目を離さなかった。ドアの向こうにいる誰かを見ようとしているみたいだった。

佳代は史雄の両肩を摑んだままの姿勢で首を曲げ、体を緊張させてドアを睨みつける。

ここに来るのだ。

足音がいくつも連なっていた。次の瞬間、「ドン」という音といっしょにドアが激しく揺れ始めた。誰かが蹴破ろうとしているのだ。木製の薄いドアだ。すぐに破れてしまう。そしてこのドアが破れた時、入ってくるのは誰なのだ。

祈る気持ちで佳代はいた。顔を出すのが工藤誠なら佳代は負ける。自分に負けてしまう。工藤誠を信じることは、もはや佳代が佳代自身を信じることと同義なのだ。工藤誠を信じるため、彼を知ろうとがむしゃらに動き続けてきた。ここに来たのだって本当の工藤さんを知るためだ。そしてついさっき、佳代は史雄の話を聞いて、工藤誠という人間を理解したと感じた。

幼い頃から殴られ続けていたのだ。それは憎いだろう。

母親を殺されたのだ。八つ裂きにしてやりたいだろう。

施設でも社会でもいじめ抜かれたのだ。世の中なんてクソだって呪うだろう。

だけど、彼はもう二度と、人を殺したりはしない。

工藤さんが姿を消したのには、何か別の理由があるのだ。そう信じている。

「警察だ！　工藤！　そこで止まれ！」

ドアの外から声が聞こえた。同時にドアノブが壊れて土間に転がった。勢いよくドアが開く。シルエットになって男が見えた。拳銃を握っていた。玄関灯に照らされて男の影が伸び、部屋の中央にいる佳代と史雄を黒く染めた。

　男が銃を持ち上げた。男が言う。

「とうさん」

　男が玄関に一歩踏み込み、顔が見えた。佳代の胸の中で史雄が呟く。

「実……」

　佳代は目を見開く。工藤実だ。工藤誠の弟の、工藤実が犯人だったのだ。

　大勢の足音が近づいてくる。実の銃が左右に二、三度揺れてから、佳代と一緒にいる史雄に向いて固まった。史雄がドアに立つ工藤実を見つめている。砂漠で水を見つけたみたいな顔をしていた。史雄の右手が少しずつ持ち上がって実に向いた。また呟く。

「実」

　銃身がかすかに震えた。工藤実が声を上げた。五歳児のような叫びだった。

「母さん殺したのに、なんでお前は生きてんだよ」

　引き金にかかった指がブルブルと震えていた。

「なんでそんなヤツが、おれのとうさんなんだよ」

引き金に触れたまま、実の指は震え続けていた。

佳代は史雄をぎゅっと抱きしめた。目は閉じなかった。

佳代の目に、実に体当たりする黒い影が見えた。実が頭から床に倒れる。同時に「パン」と軽い音が響いた。風を切る音が佳代の耳の脇を通り抜け、背後でガラスが砕け散った。

「工藤実ぅ！　銃刀法違反で逮捕する！」

うつ伏せになった実に男が馬乗りになっていた。滝本真司だ。実が身をよじって暴れている。ドアから何人もの警官がなだれ込んできた。次々に工藤実に覆いかぶさっていく。真司が実の手から拳銃を奪った。実が「があっ」と獣みたいな声を上げた。

「確保だ！　確保！　確保ぉお！」

あっと言う間だった。実を組み伏せたまま、真司が顔を上げてこちらを見た。佳代は瞬く。

「阿川。無事か」

掠れた声が出た。

「……うん」

真司が体を起こした。警官が数名、実の両腕を固めていた。そのまま起き上がらせた。実が血走った目でこちらを見ている。その目に史雄が映っている。

史雄がまた右手を伸ばした。「……実」

工藤実が連れられて行く。両脇を警官に拘束され、足を引きずるようにして玄関を出て行く。

真司が振り返った。佳代に向かって短く言う。

「工藤誠は——、おそらくどの事件でも手を下してはいない」

言葉が出なかった。

真司は言った。

「お前の言うとおりだったよ。阿川」

＊

佳代と史雄は開け放たれたドアから工藤実がパトカーに連行されていくのを見ていた。

パトカーの中には工藤誠がいた。後部座席に拘束された工藤誠が、開いたままのドアから身を乗り出して叫んでいた。

「実！　実ぅ！」

二名の警官に両腕を摑まれたまま、工藤実が顔を上げた。兄を認めて口を開く。

「兄ちゃん……」

「実！　これで終わりだ！　もう終わりにしよう！　兄ちゃんだけは絶対にお前の味方だから……！　だからもう終わりにしよう。お前はもう、苦しまなくていいんだ！」

工藤実が唇を持ち上げたように見えた。笑ったように見えた。

「兄ちゃん……。おれ……、兄ちゃんに会えてよかったよ」

突然、実がガクンと膝を折った。両脇の警察官が引きずられるようにして体勢を崩す。その時、犬歯が見えるほど大きく口を開いて、実が右の警察官の腕に嚙み付いた。驚愕した警察官が腕を解く。その瞬間、実は前を行く別の警官のホルスターから銃を奪い取っていた。銃を手にしたまま地面を転がる。地面に尻をついたまま銃を持ち上げた。警官たちが色めきたった。真司が叫んでいた。

「罪を重ねる気か！　工藤実！」

実が首を曲げてパトカーを向いた。その目で兄を捉え、その姿勢のまま、奪った銃を自分の顎の下に押し付けた。

一瞬の出来事だった。

パァン。

あまりにも軽い音が響いて、工藤実の頭から血しぶきが舞った。スイカを落としたような音がして、実が背中からグシャリと地面に崩れた。

無音だった。

実の血が地面に吸い込まれていく。拳銃から煙が立ち上り、夜空に紛れて消えていく。

「あああああああ……！　あぁぁああああああ……！」

工藤誠の叫びが響き渡った。腹の底、内臓をえぐるような絶叫だった。

「実ぅううう！　実ぅううう」

あまりにも救いのない結末だった。

遠山史雄の部屋の前で、佳代は、泣く事すらできなかった。

ただひたすらに、こぶしを握りしめて、
神様は残酷だ、と思っていた。

7

数日経って、事件を伝える報道もようやく落ち着きを見せ始めた。

真司と鈴木は警察署にいた。事件の証拠品や押収品を整理するためだ。

工藤実は死んだ。そして工藤誠は、肩に受けた銃の怪我のために入院している。

この間、真司と鈴木のもとに、本部からいくつかの報告が入った。

〈金田の拳銃のホルダーについていた指紋が、工藤実のものと一致した〉

〈田辺やすこの自宅近くの屋外カメラが、田辺やすこを尾行する工藤実の姿を捉えていた〉

〈浅井殺害事件の目撃者が、銃を持っていたのは誠ではなく、実であったと証言した〉

いまさらなにを、と思った。

鈴木刑事がやり切れない表情で科学捜査研究所員に訊ねていた。

「すべて工藤実がやったってことか……。浅井の爪にあった組織片と工藤誠のＤＮＡ型が一致した件は説明がつくのか？」

「本人は一切口を割りませんが……、おそらく工藤誠の偽装工作ではないかと思われます。死んだ浅井の手を取って、それで自分の顔かどこかを掻きむしらせたのでしょう」

「なんのために」

真司が答えた。工藤誠は弟のために動いていた。他のすべてを投げ打って、それだけのために生きていた。

「弟をかばうため、でしょう」

＊

工藤誠は病室で目を覚ました。腕に点滴用の太い針が刺さっていた。自分の血がチューブの液を半分ほど赤く染めていた。

ベッドに横たわったままそれをじっと見つめる。

自分が生きていることが不思議だった。

寝かされているのはどうやら個室のようだった。撃たれた肩の傷は塞がれていた。

肩から胸にかけて包帯が巻かれていて上半身はほとんど動かすことができなかった。

無言で天井を眺めていたら、やがて看護師がやってきた。目を開けている誠を一瞥し、そのまま点滴を交換し始める。

誠は言った。

聞いておかねばならない。

「あの……、弁護士さんに、連絡をとることはできますか」

＊

事件の衝撃は大きかったけれど、一週間ほどもすると、ようやく外に出られるようになった。

佳代は歩く。目的地は自宅からはそれなりに離れたところにある公園だ。

距離の問題だけでなく、佳代はいままで、その公園に近づくことができなかった。

事件を思い出して、生きているのが辛くなってしまうからだ。

今日は、真司の父である清一《せいいち》さんの月命日だ。

花を置いて手を合わせた。目を閉じてあの人の顔を思い浮かべた。

「阿川……」

背中から声をかけられた。目を開けて振り返る。

滝本真司と表示されていた。佳代はみどりに手で詫びて電話に出た。

いきなり言われた。

〈阿川か。もう宮口弁護士に連絡は取ったか？〉

面食らいながらも佳代は答えた。

「え……？　はい。今朝ほど」

〈宮口さんが工藤に面会するのはいつだ？〉

「確か……、今日の四時って言ってましたが……」

電話の向こうで真司が誰かに何かを叫んだようだった。緊迫した空気がこちらまで伝わってくる。スマホ越しに駆け回るような足音も聞こえてきた。

〈いいかよく聞け阿川。捜査本部はまだ宮口エマと連絡が取れていない。その面会、中止するように宮口さんに言ってくれ。今すぐにだ！〉

「え……？　どうして？」

真司の声が割れていた。

〈証拠品の確認作業で、実の所持品から五枚の写真が見つかった。金田、田辺、浅井、それに義父の遠山史雄。最後の一枚が宮口弁護士だった〉

心臓が跳ね上がった。真司が叫んでいる。

〈実のターゲットは五人だったんだ。工藤誠はわざわざ宮口弁護士を指定して面会を望んだ。工藤は、弟の代わりに宮口弁護士を襲うつもりなのかもしれない。会わせるのは危険なんだ！〉

「工藤さんが……？」

〈おれたちはすぐに病院に向かう。だが、面会時間が四時だというならもう時間がない。お前からも宮口さんに伝えてくれ。行くなと〉

立ち上がった。電話する佳代をみどりが見ている。

「私も行きます」

〈来るな。駄目だ〉

「行きます」

佳代はそのまま駆け出した。みどりが慌てている。

「おい佳代ちゃん！」

皿が落ち、米びつが倒れた。サンダルをつっかけてそのまま外に出る。自転車にまたがった。全力でペダルを踏む。魂がわなないていた。

「工藤さん。やめて……！」

＊

四時になった。だが、宮口エマはやってこない。

きっと忙しいのだろう。多くの犯罪者の弁護を抱えているからだ。加害者の利益を守ることで、あの弁護士は間接的に、いったいどれだけの人間を傷つけてきたのか。母を殺した義父の弁護人として、あの女は法廷で「遠山史雄に殺意はなかった」と言った。「二人の子どもを奪われたと勘違いしての衝動的な行動だ」と言った。

ふざけるな。あいつの目には自分しか映っていなかった。だから、気に食わないと言って母を殴り、おれたち兄弟を虐待したのだ。あいつにとって家族などゴミも同然だった。母は、腹が減った時と性欲が高まった時に必要だっただけだ。おれたち兄弟は、母を引き留めるための添え物でしかなかった。だから八つの実を全力で振り回したりできたのだ。大怪我をさせても、あいつは「転んだと言え」としか言わなかった。

クソにも劣る人間は確かに存在するのだ。

そんな人間をなぜ弁護する。あの弁護士が義父のしたことを擁護するたびに、自分が否定されたような気がした。実だって同じだったはずだ。だから実は五人目にあいつを選んだのだ。

廊下を足音が近づいてくる。工藤誠はベッド脇の時計を見た。四時を五分ほど回ったところだ。

来たのだ。

弟とおれの、最後の仇《かたき》が。

ドアが開いた。

工藤誠は、隠し持っていたハサミをギュッと握りしめた。弟のためだ。

これは弟のためだ。あいつが唯一自分の力でやり遂げようとしたことを、最後まで成し遂げさせてやるためだ。でないとあいつは死んだままだ。母を殺されたあの日から、おれたち兄弟はずっと死んだままだった。死んだままここに存在していた。それを終わらせるんだ。

ベッドに近づいてくる。顔が見えた。

誠は息を呑んだ。

「阿川先生……」

息を切らせ、顔を真っ赤にした自分の保護司がそこにいた。誠はハサミを握ったたまま両手を泳がせた。混乱していた。なぜここに阿川先生がくる。阿川先生がなんでここにいる……。

「この、クソがぁあ！」

鼓膜が破けるかと思った。どこから出た音なのかわからなかった。でも目の前の阿川先生が泣いていた。ブルブル腕を震わせて、顔中ぐしゃぐしゃに、頬に涙を伝わせて泣いていた。

阿川先生が近づいてくる。右手が振りかぶられ、強烈に誠の頬を張った。驚いて目を見開くと、今度は左の頬を張られた。そのたびに涙が散っていた。熱い息が顔にかかった。

「これ以上被害者を生んでどうするの！　これ以上加害者を生んでどうする！　あなたは人間になるんでしょう⁉」

今度はドンと胸を突かれた。ベッドに転がる。阿川先生が足を上げてベッドに乗り上げてきた。サンダルが落ちた。靴下が泥と砂で真っ黒だった。顔なんか鼻汁と涙でぐしゃぐしゃだった。

腹の上に乗られ、胸倉を摑まれた。顔に向かって言われた。

「なんで復讐なんて考えるの！　なんで自ら、自分を貶《おとし》めるようなことをするの！」

阿川先生のぐしゃぐしゃの泣き顔を見ていたら、こっちの心まで溢れ出した。

勝手に声が出てくる。

「これ以上、おれに落ちる場所なんてない……！　おれは人殺しだ。最底辺の人間なんだ。だからせめて弟だけは……、あいつの願いだけは叶えて、それでおれも終わるんだ。それがおれたち兄弟の運命なんだ！」

「バカあバカバカ！　この大バカ野郎！　ラーメン一緒に食べるって約束したでしょ⁉　終わっちゃったら、もう一緒に食べられないでしょ⁉」

ボカボカ胸を殴られた。唾も涙も飛んでくる。

「おれも実ももう終わった人間なんだ。こんな人間が世の中にいてどうなる？　疎まれるだけだ。憎まれるだけだ。いない方がいい人間は確かにいるんだ！　もうどうだっていい。おれはおれの手で、おれと弟のクソみたいな人生を終わらせるんだ！」

胸倉を摑む力が強くなった。頭突きをされるのかと思った。

顔の前十センチの距離で叫ばれた。

「どうだっていいわけあるかあ！」

ガクンガクン首が揺れる。阿川先生が叫んでいる。

「私が悲しむ！　私があなたを大切に思う！　そんくらいわかれこのクソ野郎がぁ！」

目一杯に涙を浮かべていた。それを飲み込みながら叫んでいた。

「あなたはここにいていいんだ！　誰にも否定させない。否定するヤツがいたら、私がそいつをぶん殴る！　全力で立ち向かうから！」

胸倉を摑んだまま、胸に顔を埋《うず》められた。

子どもみたいにわんわん泣いていていた。

「だから生き返って！　私のために、工藤さん、生きてよぉ」

阿川先生の叫びが誠の胸を震わせた。

＊

滝本真司が数名の警察官とともに駆け付けた時、病室の前には宮口弁護士が立っていた。

中に入ろうとして宮口弁護士に制止された。

「工藤は……？」

静かに言われた。

「どうやら先に、例の保護司が来たみたいね」

病室を覗き込んだ。工藤のベッドに誰かいて、工藤と話していた。話す声が聞こえてくる。

阿川の声だ。

「工藤さん――、人間って、どうして人の間って書くか知ってますか」

工藤の応じる声は聞こえなかった。まるで子守唄みたいに静かに話している。

「人は、人といっしょにいないと生きられないからです。人と人でつながるのが人間だからです。私、保護司になってずいぶんたくさんの人と知り合いました。中には変わった人もいたし、思い切り嫌われてしまった人もいます。だけど中には、毎週のように、私の作った牛丼を食べに来てくれる人もいるんですよ」

小さな含み笑いが聞こえた。阿川が笑ったのだ。

「その人にすごく助けられました。弱っている時。もう駄目だって思った時。そういう人がいるだけで救われたんです。人といる時だけ、ああ、私は生きている。生きていていいんだって思えたんです」

阿川は続けた。まるでやわらかい粥のように。噛んで含めるように想いを伝えていた。

「工藤さん――。どうか人間になってください。人と一緒に生きてください。お願いですから、自分を殺さないでください」

　はじめて工藤の声が聞こえた。

「保護司だから、そんなふうに言ってくれるのか……？」

　阿川が答えた。やっぱりすごく静かに。

「あなたと一緒に、過ごしてきたからですよ」


　滝本真司は病室の前で、ずっとそれを聞いていた。

　まるで歌うように紡がれていく佳代の言葉を。

「工藤さん――。あなたは、犯した罪を裁かれ、刑務所に戻らなければなりません」

　工藤は声に出して肯いた。

「はい……」

「刑期を終えて再び社会に戻った時、あなたにはなかなか居場所が見つからないかもしれない。住む場所すら見つからないかもしれません。法律や福祉だけではあなたを助けられない。それは現実です」

「…………」

「でも忘れないでください。その時は、私を訪ねてください。つらい時はつらいって、私に聞こえるように言ってください。力いっぱい、叫んでください」

工藤の声がかすかに震えていた。

「阿川先生はどうしてそこまで……。なんで保護司なんかに……」

阿川の声は静かだった。

「私――、中学生の時、暴漢に襲われました。ナイフを突きつけられて動けなかった時、ある人が私を助けてくれたんです。でも……、その人は私の代わりに暴漢に刺されて亡くなってしまいました」

「……………」

「その事件の後……、私はずっと、自分がなぜ生きているのか悩み続けていました。なんで、あの人じゃなく私が生きているのだろうかって――。自分の生きる理由を見つけられなくて、ずっとジタバタしていたんです」

衣擦《きぬず》れの音がした。阿川が座りなおしたのかもしれない。

「でもある日――、保護司に出会ったんです。その女性の保護司、名前すら知りませんけど、その人は町中で、『あきらめちゃだめ』って叫んでいました。隣には男の人がいて、その人の手をとって、ぎゅっと握りしめていました。……私、後を追って訊ねました。そうして教えてもらったんです。女の人は保護司で、男性は元受刑者なん

前科者

エピローグ

今日の牛丼会に、村上さんは、手作りのマフィンを持ってやってきた。

テーブルには田村さんもいる。他にも以前に佳代が受け持った保護対象者が数名、お昼を食べにやってきてくれた。

田村さんが物珍しそうにテーブルの上のマフィンを眺めていた。

「え。これ、あんたが作ったのか？　すげえな、店で売ってるパンみたいだな」

村上さんは少し照れていた。

「近所のパン屋がおいしくてさ。何回か通って真似してみたんだ。この会、いっつも牛丼か鍋だろ？　だから、たまにはみんな別の味がほしいだろうって思ってさ」

田村さんがマフィンをひとつ口に運んだ。

「うん。うまい。お袋の味がする」

佳代は笑いながらつっこみを入れた。

「田村さん、こないだは私の牛丼で同じこと言ってたじゃないですか」

田村さんが頭を掻いている。「あれ？　そうだっけ？　へへ」

村上さんが呆れている。「まったく、元詐欺師は言うことがちがうねぇ」

田村さんがニヤニヤしながら言い返した。「あんたも商品じゃなく、上手にお店の味を盗んだってわけだな」

怒るかと思ったのに村上さんは笑っていた。

佳代は嬉しい。

「村上さん。差し入れ、ありがとうございます」

「一応あんたのアドバイスのおかげでもあるから、まあ、お返し？　そんな感じ」

牛丼の隣にマフィンが並ぶ絵はなんだかシュールだったけど、テーブルに黄色い花が咲いたみたいで綺麗だった。

田村さんと村上さんは、保護期間を終えて刑を満了した。

辛いことも理不尽なこともたくさんあるけど、多くの人がこうして更生し、再び世に出て行く。

また人と、つながるために。

村上さんのマフィンを手に取りながら佳代は訊ねた。

「村上さん、会社の方はどうですか？」

村上さんはいつもぶっきらぼうだ。「まあ、悪くないよ」

「私のアドバイス、うまく行きましたか？」

「会社でみんなに『仲良くしなさい』って叫ぶってアドバイスかい？　冗談じゃない。あんたのアドバイスをこねくり回して発酵させて、パンにして職場で配ったんだよ」

びっくりした。「え？　今日のマフィンみたいにですか？」

「そうだよ。まあ、それがなんだか評判良くてさ。作り方を知りたいって人が何人か出てきてさ。それで家でパン作りの講習会みたいなの開いたら、まあ……、なんとなく、会社の居心地もだんだん悪くなくなってきてさ」

田村さんがまた茶々を入れた。

「じゃああんた、会社員なんてやめてパン屋でも開いたらどうだ？」

佳代は慌てて言う。「田村さん！　せっかく村上さんがやる気になってるんですから……！」

「でもこのパンうまいよ？　いけると思うけどなぁ……。うまく事業化できたらおれを雇ってよ」

おそるおそる村上さんを見てみたら、結構本気で考えているみたいでますます佳代は焦ってしまう。

「村上さん、本気にしちゃだめですよ。今の会社続けましょう。せっかく環境だってよくなってきたんですから」

村上さんが呆れたように笑った。顔の前でひらひら手を振っている。

「大丈夫。辞めやしないよ。けどまあ……、今の仕事でいくらか金が貯《た》まったら、そういうのもいいかもしれないねえ」

言われてはじめて気がついた。

みんな、未来の話をしている。

過去じゃなく、これからを見ている。

田村さんがヘラヘラしながら言った。

「いいんだよ何したって。一人になりさえしなきゃいいの。どっかで誰かとつながってりゃ、それで充分なの」

なんだか涙が湧いてきた。なんでだろう、胸が熱い。

すごく嬉しい。

パンをちぎって口に入れた。

「村上さん。これ、おいしいです」

涙といっしょに飲みこんでから笑った。

村上さんの頬が赤く染まっている。「そうかい」

今日はとてもいい日だ。

あとで、みどりさんもやってくる。

＊

鉛筆で書いた文字は、消しゴムで消すことができる。

ちゃぶ台に詩集を乗せて、佳代はそこに書かれた鉛筆の落書きを消していた。

なぜ、お前は生きている。

そんなの決まっている。

生きていたいからだ。生きていてほしいからだ。それだけだ。

消し終えたら何だかすっきりした。ちゃぶ台に文庫本を残したままゴロンと大の字になった。

「そろそろ、来るかなぁ……」

スパンとふすまが開かれた。

「サワッディー！」

そのままズンズン部屋の中に入ってくる。佳代は転がったままそれを見ていた。今日はなんだろうこれ。顔が緑で頭に斧《おの》が刺さっている。額からケチャップ丸出しの血が垂れてる。ゾンビ？　それでなんでか服はこないだのフリフリのままだ。

佳代の顔の上に仁王立ちした。

「なんだ佳代ちゃん。珍しくゴロゴロしてんな。あたしは労働の帰りだってのにさ」

パンツ見えてる。

「今日はそれ、何のイベントですか？」

「へへー。ホラートークイベント開催したんだよ。あたしがさ、この格好で『次は……、旧トンネルに蠢《うごめ》く女の霊の話です』とか言うわけ」

「その格好でですか？　みんなどんな反応だったんですか」

「なんかちょっとウケてた」

笑ってしまう。「でしょうね」

来てくれた。

みどりさんだ。


みどりさんに付き合ってもらって、本を返しにいくことにした。

中学校の正門受付で事情を説明するのにちょっと手間取ったけど、みどりさんがいてくれたおかげで助かった。

守衛さんは、「本の返却ならここで受け取ります」って言ったけど、みどりさんが咄嗟に泣いて（ほんとにすごいと思う）、「あの図書室は、私の死んだ親友との思い出の場所なんです。私、あの場所で親友に伝えなきゃいけないことがあって――」とか適当なことを言ったおかげで守衛さんまでなんだか涙目になって、そのおかげで校内に入れた。

十五年ぶりの図書室。その「ナ行」に本を戻した。

隣でみどりさんがニヤニヤしている。

「なあなあ佳代ちゃん。なんであたしを連れてきたんだ？」

佳代は答える。

「友達だから」

みどりさんの顔が予想外に赤くなった。なんだかすごく嬉しそうだ。

「そっかそっか。まあ、素直でよろしい」

いたずらっぽく笑ってから言ってみた。みどりさんを真似して格好つけながら。

「惚れんなよ」

笑いながら歩く。

ああ、嬉しい。
楽しいな。
私たちは知っている。
隣に誰かいるって、こんなにも幸せなんだって。

——本書のプロフィール——

本書は、二〇二二年一月公開の映画「前科者」の脚本をもとに著者が書き下ろしたオリジナルノベライズ作品です。

小学館文庫

前科者《ぜんかもの》

著者　涌井《わくい》　学《まなぶ》

脚本　岸《きし》　善幸《よしゆき》

原作　香川《かがわ》まさひと　月島冬二《つきしまとうじ》

二〇二一年十二月十二日　初版第一

発行人　石川和男

発行所　株式会社　小学館

〒一〇一-八〇〇一

東京都千代田区一ツ橋二-三-一

電話　編集〇三-三二三〇-五四四六

販売〇三-五二八一-三五五五

印刷所――――大日本印刷株式会社

造本には十分注意しておりますが、印刷、製本など製造上の不備がございましたら「制作局コールセンター」（フリーダイヤル〇一二〇-三三六-三四〇）にご連絡ください。（電話受付は、土・日・祝休日を除く九時三〇分～一七時三〇分）本書の無断での複写（コピー）、上演、放送等の二次利用、翻案等は、著作権法上の例外を除き禁じられています。本書の電子データ化などの無断複製は著作権法上の例外を除き禁じられています。代行業者等の第三者による本書の電子的複製も認められておりません。

この文庫の詳しい内容はインターネットで24時間ご覧になれます。

小学館公式ホームページ　https://www.shogakukan.co.jp

©2021 香川まさひと・月島冬二・小学館／映画「前科者」製作委

©Manabu Wakui 2021　Printed in Japan

ISBN978-4-09-407094

警察小説大賞をフルリニューアル

第1回 警察小説新人賞 作品募集

大賞賞金 300万円

選考委員

相場英雄氏（作家） 月村了衛氏（作家） 長岡弘樹氏（作家） 東山彰良氏（作家）

募集要項

募集対象

エンターテインメント性に富んだ、広義の警察小説。警察小説であれば、ホラー、SF、ファンタジーなどの要素を持つ作品も対象に含みます。自作未発表（WEBも含む）、日本語で書かれたものに限ります。

原稿規格

▶ 400字詰め原稿用紙換算で200枚以上500枚以内。

▶ A4サイズの用紙に縦組み、40字×40行、横向きに印字、必ず通し番号を入れてください。

▶ ❶表紙【題名、住所、氏名（筆名）、年齢、性別、職業、略歴、文芸賞応募歴、電話番号、メールアドレス（※あれば）を明記】、❷梗概【800字程度】、❸原稿の順に重ね、郵送の場合、右肩をダブルクリップで綴じてください。

▶ WEBでの応募も、書式などは上記に
り、原稿データ形式はMS Word（doc、
x）、テキストでの投稿を推奨します。
Bデータ はMS Wordに変換のうえ、
ください。
手書き原稿の作品は選考対象外

締切

2022年2月末日
（当日消印有効／WEBの場合は当日24時まで）

応募宛先

▼郵送
〒101-8001 東京都千代田区一ツ橋2-3-1
小学館 出版局文芸編集室
「第1回 警察小説新人賞」係

▼WEB投稿
小説丸サイト内の警察小説新人賞ページのWEB投稿「こちらから応募する」をクリックし、原稿をアップロードしてください。

発表

▼最終候補作
「STORY BOX」2022年8月号誌上、
および文芸情報サイト「小説丸」

▼受賞作
「STORY BOX」2022年9月号誌上、
および文芸情報サイト「小説丸」

出版権他

受賞作の出版権は小学館に帰属し、出版に際しては規定の印税が支払われます。また、雑誌掲載権、WEB上の掲載権及び二次的利用権（映像化、コミック化、ゲーム化など）も小学館に帰属します。

新人賞 検索

くわしくは文芸情報サイト「小説丸」で
www.shosetsu-maru.com/pr/keisatsu-shosetsu/